edition suhrkamp 2166

Die Prosa Jamal Tuschicks läßt an polierte Oberflächen denken. Sie zu lesen ist, als folgte man einer von Raumfahrzeugen angelegten Spur. Der Ich-Erzähler, in Kassel groß geworden, kommt auf Umwegen in die hessische Metropole Frankfurt am Main und erkundet die Stadt auf eine ihm eigene Weise. Er hat die Chance einer von Erwerbszwängen lange unbeschwerten Existenz genutzt, um sich in Ruhe Dinge und Gegenden anzuschauen, an denen die anderen in Eile nur vorbeikommen.

Der Roman ist die Geschichte einer Jugend, ein Bildungsroman aus den letzten Jahren des letzten Jahrhunderts. Die Schönheit der Sprache, die Genauigkeit der Beobachtungen stehen in einem faszinierenden Widerspruch zum scheinbaren Ende des Erzählens: Die Erzählstränge sind stets gebrochen, unterbrechen sich teilweise abrupt, um virtuos wiederaufgenommen zu werden.

Jamal Tuschick, 1961 geboren, in Kassel aufgewachsen, lebt als freier Autor in Frankfurt am Main. *Keine große Geschichte* ist seine erste Buchveröffentlichung.

Foto: Harald H. Schröder

Keine große Geschichte

Für H. und H. Conrady

Jamal Tuschick
Keine große Geschichte

Roman

Suhrkamp

edition suhrkamp 2166
Erste Auflage 2000
Erstausgabe

Druck: Nomos Verlagsgesellschaft, Baden-Baden
Umschlag gestaltet nach einem Konzept
von Willy Fleckhaus: Rolf Staudt
Printed in Germany

2 3 4 5 6 – 05 04 03 02 01

Das bißchen verschüttete Schweineblut
auf dem Tisch
ist doch keine Suppe für die Kinder.

Rolf Dieter Brinkmann

Joy Mahoud war Blumenkind nur ungefähr ein halbes Jahr. Danach bekam sie keiner mehr zum Haschen in die Teestube. Sie träumte von Bars, wo Jazz gespielt wurde. Sie wollte mit rasierten Männern tanzen.

Auf einem Abendspaziergang am dritten Advent des Jahres 1978 bemerkte Joy einen stadtbekannten Musiker, der mit imperialer Miene von einer Anhöhe talwärts blickte. Sie ging zu ihm. Gemeinsam betrachteten sie, was der Musiker bis dahin allein gesehen hatte: Licht im Nebel. Joy fiel dazu ein englischer Maler ein. Aus Höflichkeit behielt sie das für sich.

Der Musiker sagte was zur Aussicht, Joy hob die Schultern: eine Arabeske ihrer Zustimmung. Sie war zufrieden, jemandem begegnet zu sein, der ihr Vergnügen an der naßkalten Einsamkeit des Winterwaldes teilte. Auf ihrem weiteren Weg ergab es sich, daß der Musiker seine neue Freundin am Arm faßte, sie bei ihm einhakte. Als das Paar aus dem Wald in den tiefer gelegenen Park eintrat, hielt es sich schon an den Händen.

Sie sahen das leuchtende Schloß und den in grünem Licht dampfenden Herkules auf dem Scheitel der Anlage. Dazwischen ergaben Baumgruppen und Zierbauten schwarze Flächen vor einem um Grade helleren Himmel.

Das Paar probte die erste Umarmung. Joy war weich unter den weichen Schalen, die sie vor der Kälte schützten. Vom Nacken stieg im Zusammenspiel von Parfüm und Eigengeruch ein warmer Duft auf.

Sie roch am Musiker den letzten Faden einer alten Bierfahne. Die geplatzte Haut seiner Lippen stand in Zacken ab. Joy war entschlossen, den Zauber dieser Stunde nicht ihrer Empfindlichkeit auszuliefern.

Später sah man die beiden im Blue Days, wo sie am Gipsfelsen lehnten und Cuba Libre tranken. »Schau dir die Scheintoten an«, sagte eine vom Service.

»Die sehen doch fabelhaft aus«, entgegnete der Türsteher.

Der Betrieb war alles andere als glamourös, bestenfalls beschwingt. Wenige Gäste paßten zur Einrichtung. Champagnerlaune war schon das Ziel, aber in der Realität der Kasseler Nächte kam sie selten auf. (Noch sind wir im ewigen Mülm, dem Bierdunst und Acidgespräch der Siebziger.)

Es war nicht schwer zu glänzen. Ein Mädchen konnte leicht extravagant sein. Die meisten waren jedoch allzu einfallslos, dabei albern genug, ihre Unbeweglichkeit für eine Tugend zu halten.

Unvermeidlich war, daß Joy mit dem Musiker ging. Als er schlief, entdeckte Joy in den Schubladen seines Schreibtischs, zwischen aufgerissenen Pappkästchen voll Nägel und Schrauben, Fotos von Frauen in Unterwäsche. In seiner Wohnung trug der Musiker einen Hausmantel aus Brokat, gemacht für einen osmanischen Fürsten. Neben dem Waschbecken klebten Haken in Eierbecherfarben, auf den Küchenkacheln Abziehflora von Spülmittelflaschen.

Der Musiker hauste in Nachbarschaft invalider Rummelplatzartisten. Die Verzweiflung raschelte in jeder Bude anders. Den gequälten Lungen der Stellungslosen entwichen Beklemmungs- und Erstickungslaute, die sich zu einem kolossalen Seufzer addierten.

Der Musiker behauptete eine Verwandtschaft mit Samuel Beckett. Joy wollte ihn genau kennenlernen.

Auf der Rückbank seines Peugeots lag eine Jacke, die er über ihre Beine breitete; ganz unbesorgt, daß die Jacke dabei schmutzig wurde. (Unter dem Beifahrersitz wuchs

Verpackungsmaterial zum mobilen Hügel.) Sie fuhren zur östlichen Stadtgrenze, wo die Band auf dem Gelände einer aufgelassenen Zeltfabrik probte. Ein stillgelegter Schienenstrang lief darauf zu. Gründerzeitindustriearchitektur besorgte das Panorama. Joy stammte aus der Gegend, im Hallenbad in der Leipziger Straße hatte sie schwimmen gelernt.

Die Weitläufigkeit des Areals patinierte ihre Sinne mit Glückskupfer. Wie eine verwehte Fährte wiesen verglühte Teelichte in einem Treppenhaus auf eine heimliche Vergnügungsavantgarde, die Kasseler Rückseiten belebte. Einen schnellen Schritt schneller als stets die anderen. Im Gerümpel einer Halle mit Flaschenzugapplikationen an putzlosen Wänden stand ein Barhocker, edel mit Lehne. Auf dem Beton arrangierte Verfall antike Schrauben und getretene Büchsen zu einem Ensemble ermatteten Materials.

Der Gitarrist trug eine amerikanische Bürgerkriegsuniform. Er hieß Selkirk Barrenboyne Burroughs. Joy fand ihn anmaßend. Der Bassist fuhr Motocrossrennen. Gute Zähne ließen ahnen, wie herrlich sein Siegerlächeln war. Von Kollers fahler Schlacksigkeit ging ein Reiz aus. Seine Enduro stand auf einem flachen Eisensockel. Zu einem lebhaften Spiel Raum auf einer breiten rosigen Fläche hatte der zwischen Mutwillen und Beschwingtheit schwankende, nach einem allgemeinen Verständnis veronikanische Ausdruck. Ein Vogelkopf, der Joy an das Visier einer Ritterrüstung erinnerte, hockte als Ring auf einem Finger der Sängerin. Joy war klar, daß Veronika und ihr Musiker näher miteinander bekannt waren. Sie hatte die beiden als Paar erlebt.

Auch Burroughs sang. Geschoßartig trat er am Bühnenrand auf. Joy wußte nicht, wer im übrigen zitiert wurde, erkennen konnte sie nur Mick Jagger. Veronika empfahl einem Publikum aus Freunden der Kapelle, den Cosänger klasse zu finden. Wo sie nicht professionell war, war sie ein Mädchen, das sich in robuster Haltung gefiel.

Veronika wollte nicht nur das Futteral ihrer Stimme sein. Sie ließ sich Sprudel reichen, um zu zeigen, wie energisch sie den Kopf in den Nacken legen konnte. Sie gab die Flasche ab, ein paar Takten folgte sie swingend, dann fiel ein Lächeln der Konzentration zum Opfer. Veronika sang. Unbefrachteter ließ sich nichts äußern. – Als sei Singen eine Konvention, die nur helle Lautmalerei erlaubt, etwas Silbernes. Joy hörte die Freude der englischen Wörter aus ihrem Mund.

Veronika pausierte zwischen Kisten am Rand einer Bühnenschmalseite. Alle kamen an und sagten einen Vers auf. Das sah aus, als würde Veronika von einem Gratulationscorps passiert.

Eine Gratulantin, dem Gitarristen wie eine Schwester ähnlich, half sich vor der Sängerin mit Geschwätzigkeit. Veronika lachte dazu, sie wollte auf keinen Fall hochmütig erscheinen. Das wurde ausgenutzt.

Die Musiker arbeiteten daran, alles nach *Sweet home Alabama* klingen zu lassen. Zwei Routiniers der Tanzwelt drängten zur Bühne und führten dem Rest die Umsetzung dieser Musik in Bewegung vor. Sofort waren sie der Band näher als dem Publikum. Zu beachtlicher Synchronismus waren sie in der Lage. Ihre Schau animierte Leute zu Bewegungen. Die Könnerinnen stiegen gleich wieder aus. Obwohl sie weiß wie Milch und Zucker waren, wirkten sie, in plötzlicher Gleichgültigkeit, indianisch.

Die Band trat ab. Nur der Gitarrist blieb bei Veronika. Ihr Musiker hatte Joy davon erzählt: *April in Paris* southernrockmäßig. Veronika begann so, wie Joy das Lied geläufig war. Burroughs paßte nicht die Richtung, die das Stück fordert. Auf seine Kosten kam er erst, als Veronika zum großspurigen Stil der Band zurückkehrte.

Morgens um eins ging Cat Stevens zu einem Kollegen und ließ die erweiterte Band zurück. Am einzigen Tisch seiner illegalen Küchenkneipe. Joy hatte noch ein Getränk, der Mond spielte hinter einer Esse verstecken. Im Ofen krachten Scheite. Vor der Tür schlug Kälte alles zusammen. Gut waren *In the mood* und andere Sachen aus den Vierzigern, der Bigbandbarsound, zu dem die Musiker redeten. Vor Joys Augen webten feine Nebelfäden eine Schlinge, in die sie den Kopf stecken wollte. Ihre Beiträge waren lahm wie letzte Flügelschläge eines mit der Zwille aus dem Himmel geschossenen Vogels. Der Bassist verbessert die Lage mit Pillen, leichten Euphoriebringern. Sie wirkten wie eine Infusion, als würde jede Minute ein milder Tropfen aus dem Schlauch fallen: der Kick kam, sanft gings weiter. In jenen Tagen ernährten sich viele davon, sie wollten gar nicht mehr schlafen, nur immer weiter auf der Welle bleiben ... schweben.

Burroughs nahm Joys Maße unverhohlen. Sie erwartete am Fenster das Bild, mit dem sie heimgehen konnte, eine Ansicht aus der Urbanjunglekiste. Mein Gott, dieser Junge war so ... überheblich.

Eine vagabundierende Zeitung segelte über den Leichnam eines aus seinem Käfig gekippten Sittichs. Ein Jaguar schlich auf den Hof, die Scheinwerfer wurden ausgeknipst, wie Augen geschlossen werden: dieses Blitzartige des Lidfalls mit rauschenden Wimpern.

Sie war detailsüchtig, Säume und Borten machten Joy an. Wie eine den Kopf hielt, wie das Haar fiel, die mannigfaltige Korrespondenz zwischen Hals und Kinn. Schon liebte sie Burroughs störrisches Kinn, die hochmütigen Linien in seiner Raubrittervisage. Sie fand, daß er in der amerikanischen Uniform wie ein gascognischer Edelmann zu Henri Quatres Prinzenzeit aussah.

Auf der Leipziger Straße nahm der Verkehr ab. Jedes Auto heulte nun auf seine Weise vorüber. Kurz und enervierend: die Krachkaskaden eines Überfallalarms.

Veronika erzählte Joy von sich. Sie war ein aufgeräumter Mensch, sonnig geradezu. Unbefangen erläuterte sie dies und das. Ihre Kunst war Anlaß zu Bemerkungen ohne Schroffheit und Selbstverherrlichung.

In Cat Stevens Küchenkneipe saß man wie im Schlauchboot einer Wohngemeinschaft, die soeben einen sinkenden Kahn aufgegeben hatte. Die Zivilen, die schließlich zu Besuch kamen, fraternisierten sofort.

Archaisches Design, nicht weit von Höhlenmalerei, durchzog die grafischen Systeme, mit denen in diesem Territorium einzelne und Gruppen auf sich aufmerksam machten. Ein aufgesplitterter, an zahllosen Sprechfäden hängender, sich immer neu fokussierender Stimmenfächer antwortete den Zeichen. Noch am taufrischen Morgen, als Joy zu Teichmann in den Peugeot stieg. Die Leipziger brummte wieder. In Fenstern sprang vereinzelt Licht an. Die roten Signallampen an den Spitzen von Kränen und Schornsteinen erloschen für Sekunden. Kälte zog an den Schultern erkälteter Spucker. An einer Ecke, wo Verkehrsströme einander abgaben, waren sie eine fickrige Gesellschaft. Auf dem Bordstein wurde ein Trans Am angelassen. Der Wagen glitt auf die Bahn. Vier Bodybuilder rauschen vor die nächste Ampel.

An einem Asphaltgrat hinter dem Bettenhäuser Bahnhof wohnte Koller in der Privatzone einer zur Galerie aufgestiegenen Lagerhalle. Im Ausstellungsraum hingen

Leinwände voller Steißgeburten und gnomhafter Pizzabäcker an Dreieckssäulen, die Toblerone-Walzen genannt wurden. Die Installation war als Gemeinschaftswerk von angehenden Kunstpädagogen mit viel Pils und Gesang vollbracht worden. Die Dispersionsfarben hatten zur Aufhellung der Gemüter beigetragen.

Auf einer Holzbank knackte jemand, erstaunlich wie er Balance hielt. Koller brachte brüderlich Flaschen, aus dem Kastenstapel hinter einer improvisierten Theke. Burroughs löste die Kronkorken forciert fachmännisch mit seinem Feuerzeug von den Flaschenhälsen.

Die Liebenden witterten in Toreinfahrten und knieten vor Mülltonnen. Ihren Hunger stillten sie in einer kurdischen Kneipe, die in schöner Einfallslosigkeit Vereinsheim hieß. Dort wurde jeder mit Tee empfangen. Eine Mauer schnitt in den Schankraum, an der Rastas ihre Fieberköpfe kühlten.

Joy wohnte in einem rußschwarzen Haus aus der Blütezeit des Genossenschaftswesens. Eisenbahngleise führten daran vorbei. Sie markierten die Grenze zwischen der westlichen, hellen Stadt und den dunklen Zonen ihrer nördlichen Industriereservate.

Die Treppenabsätze waren mit Kinderfahrzeugen verstellt. Die Wohnung roch nach Lavendel, den Joy in Beuteln zwischen die Wäsche legte. Der Küchentisch stand vor einer Eckbank, die mit flachen Kissen gepolstert war. Die Bezüge zeigten weiße Hirsche auf blauem Grund. Auf dem Tisch lag eine Reimfibel neben Schulheften. An einer Pinnwand klemmten Aufzeichnungen, die den Alltag regelten, abgefaßt in der Sprache offensiver Lebenslust.

Auf der Straße schrien Kinder in den Sprachen ihrer

Eltern. Wie sich der Abend auf die Scheibe legte, um zögerlich zuerst, mit zunehmender Bestimmtheit ins Zimmer wie zu einer Privatvorstellung einzudringen. Joy hielt mit Earth, Wind and Fire dagegen, daß die Bässe aus den Boxenbespannungen pulsten, wie Gefangene gegen Stahltüren rennen.

Teichmann hatte nie eine Hübschere in Reichweite gehabt. Vor Aufregung zogen sich seine Eingeweide zusammen.

Es war die Zeit der Hausbesetzungen. Straßenkämpfe in Berlin. Punk war Mode. Kriegsangst herrschte. Nachts kreuzten die Kombattanten zwischen Diskotheken. Teichmann leistete Ersatzdienst im Haus Erika. Morgens band er die Kiefer der Toten hoch und zog ihnen Ringe ab. Wer noch lebte, geriet vormittags in Panik. Die Bewohnerinnen der Verschläge im Dachgeschoß kamen nicht mehr aus ihren Betten. Nicht unterscheiden konnten sie zwischen schlimmen Träumen und allem anderen. Ständig waren sie auf der Flucht oder unter Trümmern. In ihren Häuptern heulten Sirenen, sie halluzinierten Brände … ganze Flammenmeere.

Teichmann putzte schon länger nur das Klo, das er benutzte. Wenn ein Schließmuskel versagte, ließ er sich manchmal in die Hand kacken. Damit er das Laken nicht wechseln mußte. Er spritzte wie ein Arzt. Bloß wegen eines Herzinfarkts kam auch keiner. Also verabreichte Teichmann Nitrokapseln. Täglich maß er seinen Blutdruck und fand ihn zu hoch. Er schluckte Betablocker, testete fast jede Pille, die herumflog. Wenn er im Dschumm war, befahl er das Männchen zu sich. Gakkernd wie ein dressiertes Huhn kam es auf den Flur. Von Teichmann begeistert, schrie es: »Nimm mich heran. So nimm mich doch bittschön heran.« Es war von zittriger

Zackigkeit und kannte auch noch die relevante Strophe des Deutschlandlieds und den Hitlergruß. Die Dösköppe und Haldol-Lethargiker in der Sitzecke vor dem Panoramafenster entsetzte der Krach. Das Männchen entledigte sich unverzüglich seiner Hose. Teichmann drückte ihm eine Klobürste in die Hand und hetzte es den Trantüten, Heulsusen und Jammerlappen auf den Hals. Einen im Freien allmählich schwächer werdenden Urinduft trug er abends durch die Allee, die das Heim mit der nächsten öffentlichen Straße verband. Eine noble letzte Adresse war Haus Erika mal gewesen. Inzwischen konnte nur noch zügiges Ausscheiden aus allen Konkurrenzen einem Insassen helfen.

Teichmann wollte Joy ins Vertrauen ziehen. Er nahm sie zur Oma mit, jener Nachtschwärmerin, die am frühen Neujahrsmorgen 1929 in einer Wilhelmshöher Wirtschaft einen deprimierten Iren getroffen hatte. Teichmann zweifelte daran nicht, daß sie von dem bezechten Auswärtigen in vereister Taufrische beglückt worden war. Als Beckett in den Sechzigern den Nobelpreis bekam, erkannte sie, eine Kriegerwitwe forever in Kittelschürze, den Samenspender auf einem Zeitungsfoto. Lange hatte sie daraus ein Geheimnis gemacht, heute war ihr die Geschichte noch unangenehm.

Das Klo war im Treppenhaus. Es gab nur das Waschbecken in der Küche. Warmwasser mußte gemacht werden. Teichmanns Stiefopa war Eisenbahner gewesen, aus Zwehren gebürtig.

Für den Besuch wurden Pfannkuchen gebacken. Mit einem Löffel wurde Puderzucker durch das Teesieb auf die Pfannkuchen gedrückt. Teichmann trug einen kleinen Blechkasten (mit zwei breiten und einer schmalen Vertiefung am Rand und dem Wappen von Helgoland in der Mitte) von seinem Platz im Wohnzimmer in die

Küche, wo das Leben im Alltag stattfand. Der Aschenbecher war angeblich aus einem ballistischen Körper geformt und sollte der letzte Gegenstand gewesen sein, den der Eisenbahner als Soldat auf Urlaub zweiundvierzig in die Wohnung getragen hatte. Er gehörte auf die Musiktruhe, neben einen leuchtenden Globus. Ein Bilderbuch aus dem schmalen Bestand in dem Bord darüber hieß *Fritz will zur Technik*. Der Held war ein Jüngling nach dem Geschmack um neunzehnhundertdreißig. Auf Ozeanriesen befuhr er Weltmeere. Die Bilder im Buch waren Zigarettenbilder. Der Eisenbahner hatte sie gesammelt und eingeklebt, so sorgfältig, daß an keiner Stelle Randmarkierungen oder Kleberschlieren zu sehen waren.

Ein hochformatiger, schwarzweiß illustrierter Band, in dem es mit enzyklopädischer Gründlichkeit um Lateinamerika ging, stand daneben, zwischen angriffslustig-gedrungenen Holzelefanten. Die Stoßzähne waren wahrhaftig aus Elfenbein. Das Buch enthielt präzise Zeichnungen von Indianern. Das waren keine Karl-May-Indianer.

Klang hatte der Name Amerigo Vespucci für den Knaben gehabt. Von den Tieren waren ihm Gürteltiere am merkwürdigsten erschienen. Keine Gegend hatte für sein Empfinden eigenartiger sein können als Feuerland. Die Feuerländer waren Teichmann nie mehr aus dem Kopf gegangen.

Gauchos trugen Knebelbärte. Sie belebten nun Joys Vorstellungen von schwedischen Dragonern, die ihr vor Jahren in einem Roman aus der Zeit des Dreißigjährigen Kriegs begegnet waren. Die Geschichte hatte so begonnen, daß ein verwildertes Mädchen mit ihrem aufopferungsbereiten Wolfshund einen zugefrorenen Fluß kurz vor der Schmelze überquerte.

Modermief aus Nachkriegsmöbeln. Komplette Jahrgänge Rätselmagazine. Teichmanns Mutter war wegen der Luftangriffe kriegsgeschädigt. Als Kassel niedergemacht wurde, war sie ängstliche dreizehn. Verwandtschaft hatte unterdessen auf den Dörfern im Fett gesessen. Nächte im Schutzraum. Und nachts das heulende Elend. Die nach dem Letzten greifende Angst der allein zurückgebliebenen Frauen.

Evakuiert. Ausgebombt. Bombenterror. Rohrkrepierer.

»Sprich du mir nit vom Kriech. Erzähl du mir was vom Vadderland. Ich pack dich bei den Ohren.«

Einmal hatte Teichmanns Großmutter einen ins Gebälk geschlagenen Blindgänger aus dem Haus geschafft. Joy traute der Alten nichts Resolutes mehr zu. Sie war ganz fertig von allen Daseinshärten und wackelte nur noch. Im Januar fing sie an von ihrer Kriegerwitwenrente für Weihnachten Heiermänner zurückzulegen. Aufnahmen zeigten sie aber als flotte Frau mit Hütchen, »kirmesfreudig, dem Likör nicht abgeneigt«. Ihre Eltern hatten eine Gärtnerei an der Naumburger Straße. Eigentum in der zweiten Generation, also ein gewisser Wohlstand, der vor dem Krieg flötenging. Der Eisenbahner habe sich gegen die Ansprüche seiner verwöhnten Frau gewehrt.

Joys Schwester war schwachsinnig und verwachsen. Morgens wurde sie aus dem Bett gezogen und nachmittags zurückgeschoben. Für etwas Hilfsbereitschaft bekam sie übriggebliebenen Pudding. Vorher mußte sie sich den Wechsel ihrer Windeln gefallen lassen. Dagegen sträubte sie sich.

Es kam vor, daß Joy Hildes Hintern puderte. Die von ständiger Feuchtigkeit entzündete Haut hatte fantastische Farben angenommen. Darunter war ein Schmeißfliegenviolett.

Während Joy sich plagte, führte Hilde hinter vorgehaltener Hand ein Selbstgespräch. Von ihrer Wisperei konnte sie kein Mensch, nur übergroße Müdigkeit abhalten. Nach dem Windelwechsel durfte sie essen. Hilde bestand auf einen Löffel, den sie selbst verwahrte. Das Blech war angelaufen und hatte an Stellen eine Kruste aus steinharten Breipartikeln. Man hätte den Löffel im schärfsten Reinigungsmittel baden müssen, um die Schale abzukriegen.

Zum Schlafen grub sich Hilde ächzend ein. Zwischen ihr und der blühenden Schwester bestand wenig Zuneigung. Joy zog noch Hildes Spieluhr auf. Dann lag die Schwachsinnige schon mit dem Arsch zu ihr.

Teichmann entdeckte, daß die Wohnung von Joys Leuten genauso derb nach Pisse stank wie Haus Erika. Den Eltern war ganz unklar, was für einen Menschen sie mit ihrer Tochter hervorgebracht hatten. (Sie schien sich selbst erfunden zu haben: als belesene Museumsbesucherin und ständigen Gast im Café am Bebelplatz.) Ihre Brüder waren leichenbleiche Jungen, mondsüchtige Spucker und Bettnässer. Joy nannte sie *die Kellerasseln.* Sie wußten immerhin, wie kostengünstig Sprit beschafft werden konnte. Flaschenpfand war eine Einnahmequelle. Hilfsarbeiten für Budenbesitzer wurden in der Zigarettenwährung honoriert. Die Jungen hatten ihre Bude, dort waren sie Kunden und Lieferanten und zuzeiten beschäftigt.

Sie fuhren durch die zerfallenen Dörfer am Todesstreifen. Die Bewohner grenznaher Ortschaften begeisterten Teichmann als Helden eines Romans, den er fortspann.

In dieser von vielen Entwicklungen abgeschnittenen Region wollte er ein Leben führen, das wie ein langes, ungestörtes Nachdenken über sich selbst war, mit stillen Nachmittagsräuschen. In Göttingen verirrte sich das Paar zwischen der Gänseliesel vor dem Alten Rathaus und dem Universitätscampus am Kreuzberg-Ring. Teichmanns dauernde Verwirrung erschien Joy hier erstmals nicht nur kurios.

Sie wurden angesprochen, irgendwie aus einer Spielhalle heraus, wo sich Selkirk Barrenboyne Burroughs die Zeit vertrieb. Mit ihm kamen sie ins Omega, dem späteren Malibu. Das Lokal liegt im Keller, auf der Treppe drängten Studenten.

Ein Exil feiner Regungen war Teichmanns Gesicht. Burroughs empfahl ihm, sich den alten Kinderkopf abzureißen und mit vorgetäuschter Reizbarkeit aufzutreten. Er war ein Schnapphahn, brutal, charmant, überdreht. Mit Männern, die ihm glichen, würfelte er. Sie führten Messer mit, in Stiefelschäften. Joy hielt nicht für ausgeschlossen, daß sie blutig in Streit geraten konnten. Jemand fuhr als Subunternehmer Stückgut für die Bundesbahn. Angeblich war sein Bruder bei der Kripo in Düsseldorf. Den linken Arm trug er in Gips. Er erzählte, wie gut ein Gipsarm als Waffe taugte; von seiner großen Zeit in Köln, wo er als Lude Zigtausende verdient hatte, um sie zu verpulvern. Den Spielern riet er, ihn auf einem Raubzug zu begleiten. In einem Park, der als Klappe diente, schwebte ihm ein Überfall auf Invertierte vor.

Joy ahnte Teichmanns dschungelhafte Empfindungen. Mit plötzlicher Schärfe registrierte sie seinen ungeschickten Aufzug, den Hochmut, die Mattigkeit. Er war ohne Neugier. Der Übergang in eine Wüstenfantasie war fließend. In einer Landschaft mit dürftiger Vegetation, ohne Überraschungen und ohne Wasser, war Schatten ein Glück, das ausreichte. Joy wähnte sich im Schatten einer Wand, neben ihr regten sich Verzweifelte. Der Dreck wuchs auf die Wand zu. Immer wieder trat jemand auf, für den sie das Publikum seines Aufstiegs in die Klasse der Menschenschinder abgeben sollte. Um den Eindruck des Weggetretenseins zu verstärken, öffnete Joy den Mund. Sie war bedeutungslos bis zur Undeutlichkeit, ein gegen Mauern gehauenes Geschöpf, so groß wie eine harmlose Tierleiche. Tote Tauben, tölpelhafte Hunde, zum Überleben entschlossene Insekten ... Burroughs törichter Behauptung entgegnete sie mit dem Blick einer Blinden. Teichmann war aber wirklich weg.

Allenthalben hörte er von sich reden. Manchmal kam es ihm so vor, als sei sonst von niemandem die Rede, nur von ihm, aber daraus konnte er keinen Nutzen ziehen. Er war nur ein leicht zu übersehender, gleichwohl, dies empfand er deutlich, unwillkommener Gast auf Straßen, die den Schauplatz abgaben für großes Gedränge. Dem wich er aus in Bars, die schmutzigen Lokale, das launische Gebet der Anreißer im Ohr. Er suchte nach seinem Zigarettenpapier, und weil er es nicht finden konnte, nuschelte er den blauen Kopf vor ihm an, wegen eines Blättchens. Dann suchte er weiter.

Er klingelte an Türen, weil er die Leute dahinter zu kennen glaubte. Erwartungsvoll schaute er an befremdeten Frauen vorbei in Korridore.

In einem Treppenhaus schlief er auf einer Fußmatte: wie zur Probe eines ganzen Lebens ohne festen Wohnsitz. Er erwachte von einem Sirren, das einen Alptraum in ein Blutbild verwandelte. Das Blut sprudelte aus einem Gully und spritzte auf seine Schuhe. Er machte Licht. Zwar drang, was ihn erschreckte, nicht in die Helligkeit, aber die Erinnerung an gewisse Ansichten blieb deutlich. Er fürchtete von einer Dunkelheit gefangengenommen zu werden, die langsam hinter seinen Netzhäuten aufstieg.

Er wanderte in den Harz. Auf halbem Weg nach Duderstadt traf er einen Mann, der mit Stöcken bewaffnet war, weil er Angriffe von frei laufenden Hunden fürchtete. Teichmann fand ihn gefährlich bescheuert. Trotzdem folgte er ihm in das Haus einer Herstellerin von Keramik. Das Paar besprach sich in einer niedrigen Kammer mit wurmzerfressenen Stützbalken. In ihrem Gelächter, dem Marihuanadunst, teilte sich Teichmann eine Bedrohung mit, die nicht abgewendet werden konnte. Wie einem Kind wurde ihm Aufschluß über die Lage verweigert. Die Kunstgewerblerin schickte seinen Führer fort, Teichmann stellte ihn sich als ängstliche Wache am Dorfrand vor. Sie kochte, von ihren Haaren behindert. Immer wieder kam Teichmann mit ihrem freundlichen Körper in Berührung.

Teichmann erreichte Herzberg. Nachts lag er im Schlafsaal der Jugendherberge wach. Er begab sich in den Waschraum. Die Neonröhren verbreiteten ein Licht, das seine Augen stach. Dieser Satz hatte sich in seinem Kopf festgesetzt: *You are on the wrong trip*.

Vor Ablauf der Woche war er wieder in Göttingen. In Seitenstraßen erwartete er Leute, die nichts wußten von einer Verabredung mit Teichmann. Er beging die Leinestraße, den Brauweg, um dabei zu jeder Tageszeit das Angenehme einer Bewegung auf nur mäßig befahrenen Straßen zu empfinden, mit ihren Baumbeständen, der spürbaren Nähe zum Wasser, den spielenden Kindern und radfahrenden Studenten. Es sei denn, die Rauschgiftgeister krochen hinter den Mülltonnen hervor, um ihn zu bedrücken.

Er geriet in einen Club, dessen Barkeeper Michelle

hieß. Die Wirtschaft tauchte in blauem Licht, das alle Oberflächen wie aus Samt wirken ließ. Man wähnte sich in einer Weltraumkapsel. Die Gäste waren Passagiere. Sie gingen nicht, sondern erschienen in einem Zustand zwischen schwimmen und schweben. An keiner Stelle gab es Kanten. Die herrschende Form war das harmonische Rund. Auch Michelle war ein rundes Wesen, wie aus Schaumstoffkugeln zusammengesetzt. Ein Architekt spielte vor Teichmann seinen Wohlstand herunter. Teichmann fiel den Mann an, der so harmlos nicht war, wie er sich plötzlich gab, zur Abwehr. Seine Hinterhältigkeit machte Teichmann rasend; er kannte sich nicht mehr.

In den Imbißbuden der Nikolaistraße grüßten ihn die arabischen Pizzabäcker. Wenn er ihren Dunstkreis passierte, hoben sie die großen Gyrosschneider. Der Wildnis in Teichmanns Kopf entsprach die allgemeine Aufregung. In den Biergärten explodierten Begrüßungen und Verabschiedungen. Die Grenzen zwischen dem Nomadentum der amerikanisch fühlenden Studenten, der Speedfreaks und der Tagediebe ... den vom Leben Überforderten und den Gewalttätern mit ihren verkrätzten Sklaven waren fließend. Am Kiessee hielt ein König Hof. Er herrschte über die in Göttingen eingefallenen Bettler und Trebegänger. An ihn hatte man Abgaben zu leisten. Wer nicht gehorchte, erhielt Stadtverbot. Ein paar Krawalleros schwangen für ihn Peitschen. Sie traten und drohten und führten dem König Ausreißer zu, die in Scharen vor der Gänseliesel lagerten. Wenn ihm der Sinn danach stand, schlief der König im Hotel, aber lieber machte er Feuer an der Leine, umgeben von seinen Hunden und Freibeutern.

Fred kam aus Kassel und spielte Schlagzeug. Er war arm

an Allüren, antriebsarm. Angenehm war er Teichmann. Im Blue Days hatte er ihn schon gesehen. Daraus ergab sich das weitere. Von der Seite sprach Teichmann ihn an. Vor der Gänseliesel wurde Fred gelinkt. Den Betrüger bemerkten sie im Omega. Ein Engländer verkaufte ihnen LSD auf Löschpapier für Zweimarkfünfzig. Der Mann zitierte Shakespeare. Fred wollte sehen, wie die Droge auf Teichmann wirkte. Der nahm einen Trip. Weil die Wirkung auszubleiben schien, schluckte er ein paar.

Man schaffte ihn in ein Taxi. Dem Engländer war nicht recht, daß er einem Borderliner Acid verkauft hatte. Er wohnte auf einem Schrottplatz bei Roßdorf, reparierte Autos. Er war verschroben im Stil von Ian Anderson, dem Sänger von Jethro Tull. In seinem Wohnwagen gab er Teichmann Haschisch zur Beruhigung.

Wie aus dem Busch kamen Leute auf den Schrottplatz. Sie waren langsam aus Überzeugung und brachten es nicht fertig, die Motoren ihrer Fahrzeuge abzustellen, während sie mit dem Engländer verhandelten. Den alles zum Lachen reizte.

Eine Dependance des niedersächsischen Landeskrankenhauses lag nah in einem Park. Dort wurde Teichmann von verstörten Gärtnern überrascht. Ihr Wahnsinn war ein verheerender Angriff auf seine schwankende Verfassung. Deshalb fuhr Fred ihn nach Kassel. Breit von der Musik aus dem Rekorder durchquerten sie Wälder, die sich vor Äckern zurückzogen und endlich einer von der Fulda beherrschten Landschaft Platz machten. Sie unterbrachen die Fahrt und stolperten durch die Flußniederungsvegetation zum Ufer. Üppig erschien Teichmann unversehens die Welt. Er wußte aber, daß sie bald wieder in ihre Kläglichkeit zurückfallen würde. Er sehnte sich nach Bewegungen, aus denen Fülle sprach. Alles war zu erbärmlich. Immer nur das Kleine, die Portion, der dürftige Anteil.

Joy hatte sein Auto. Sie war so glücklich, ihn wiederzusehen, daß Teichmann sich ihr Glück nicht erklären konnte. Mit anfallsartigem Lachen wollte er seine Befangenheit abschütteln. »Was sollen wir lange reden«, entschied er, »alles ist hin und wird nicht mehr; was die Hauptsache ist.« Betrübt legte er den Kopf einer Vorübereilenden auf die Schulter, die erschrak und gleich im Krach verschwand. Die Band beriet sich vor dem Blue Days. Fred stand schon dabei. Seine Kötze belustigte Koller. »Brauchen wir einen neuen Schlagzeuger?« fragte er.

»Sieht so aus«, sagte Veronika.

»Das könnt ihr nicht machen«, barmte Joy.

»Du hast nichts zu melden«, behauptete Veronika.

Drei Wochen später hatte die Band auch eine neue Sängerin. Joy sah Veronika erst in den Achtzigern wieder, im Theaterkeller, nachdem sie zuvor in Grone, dem Göttinger Industriegebiet, unterwegs gewesen war, auf der Suche nach einer Diskothek, von der sie gehört hatte. Draußen war es kalt und im Lokal saßen die Langhaarigen aufeinander, völlig isoliert. Ihre Herrschaft über die Piste war gebrochen.

Veronika wirkte wie in einer tödlichen Umklammerung. Sie hatte in Amsterdam und Kopenhagen gelebt, war mit Frostbeulen zurückgekommen, fassungslos wegen des allgemeinen Rücklaufs. Von einem schmutzigen Kind, das herumtappte, sagte sie, es sei Jesus. Veronika sprach den Namen ihres Sohnes englisch aus. Den Namen des Vaters wollte sie nicht verraten. Joy sollte ihn aber kennen. Sie sah die über Tischen zusammengebrochenen Penner und weiblichen Hoffnungsträger, einige immer noch in Latzhosen.

Veronika war in einem besetzten Haus in der Roten

Straße untergekommen. Das Leben im Belagerungszustand zerrte an ihren Nerven.

Joy ging, bevor Veronika um einen Gefallen bitten konnte. Aber sie entkam ihr nicht. Bald tauchte Veronika in Kassel auf. Während Joy sich immer gleich blieb, eine Frau, die das Vergnügen mit kulturellem Mehrwert und ohne Reue suchte, trat Veronika in wechselnden Rollen auf. Einmal war sie Bedienung in einem Café, dann sah Joy sie als ambulante Händlerin von Blechkram und Tüchern. Veronika kam ihr als zigeunerhafte Mutter entgegen, die Jesus betteln ließ. Man konnte sie bei der Moderation von Protestveranstaltungen erleben. Als Musikerin traf Joy sie nicht mehr. Veronika schien ihre Kunst vergessen zu haben, Joy fragte nicht danach.

Schließlich eröffnete Veronika das Unternehmen einer Ganzkörpertätowierung. Bei jedem Wiedersehen entsetzte sie Joy mit neuen Zeichen. In der Zwischenzeit verlor Veronika die Kontrolle über ihre Stimme, schrie ohne Anlaß und flüsterte in lärmerfüllten Räumen.

»Die Familienähnlichkeit ist umwerfend.« Ich packte eine kleine Hand. »Wer bist du?«

»Marion nennt mich Angie.«

In dem vom Plunder der Dachböden verschatteten Korridor war von Angie nicht viel zu erkennen, aber sie roch gut. Wie ich es gern habe, ist sie kaum größer als einsfünfundsechzig. Der Räuber hörte sich scheinheilig nach der Schwester fragen.

»Die kommt gleich«, sang Angie. »Ich soll mich so lang um dich kümmern.«

»Ob du das hinkriegst?«

Angie verschluckte sich an ihrer Lustigkeit. So durfte ich ihr in aller Freundschaft aufs Kreuz hauen, das so zart schien wie ein Amselskelett. Angie bot alles mögliche zu trinken an. Sie führte mich in ihre Bude, mit dem Hochbett aus splittrigem Holz und Flattertüchern an den Wänden. Ich kroch auf eine Kissenzone, ohne die Stiefel auszuziehen. Angie brachte ein Wasserglas voll Cognac, und statt danke sagte ich, ich sei Alkoholiker. Ich glaube nicht, daß das schon stimmte. Es war aber das Finsterste, dessen man sich in den Kreisen meiner Schwester bezichtigen konnte.

Angie wohnte erst ein paar Wochen bei Marion. Vermutlich hatte sie in dieser Zeit von keinem öfter reden hören als von mir. In Marions Geschichten war ich der Star. Angeblich kannte man mich in London.

Die Wohnung kam mir wie ein Käfig vor, in dem der kleine Vogel Angie festsaß. Sie kniete zwischen den Stiefeln. Der Rock war ein buntes Tuch mit Gummizug. Ihre Hände schlossen eine Schale ein, in der Tee und verkrümelte Blätterreste schwappten. Ich fragte nach dem richtigen Namen. Sie sprach ihn aus wie eine Selbstbezichtigung. In ihrer Stimme wisperte bereits das kleine Tier der Zustimmung. Denn unterdessen hatte ich sie berührt. Unter meinen Händen wuchsen ihre Brüste. »Ich habe von dir geträumt«, behauptete sie.

Marion kam: ein schnäubiger Carolinasproß wie aus der Generation unserer konföderierten Ururgroßeltern. Wir wanderten in ihr Zimmer, zu Korbmöbeln und Kunstdrucken.

»Sie wollte dich unbedingt.«

Neben meiner Schwester mit ihren Beautyextratouren sah Angie aus wie ein Kind. Sie wurde herumgeschickt.

Blick aus dem Fenster. Leute mit Blumensträußen standen in der Auffahrt eines Krankenhauses. Blau war das angelaufene Kupfer einer Kirchenkuppel. Tauben im Anflug auf Krümel.

Halbsätze und Gekicher. Der Himmel verlor seine Nachmittagsfarben. Angie legte eine Platte auf, die sie vom Flohmarkt hatte, und stieg in den Gesangsteil ein. Sie streckte sich in unverhülltem Geltungsdrang. Ein paar Takte lang die Singstimme, hell und klar. – Jede Silbe vom Schmelz der Kasseler Mundart glasiert.

Am Abend ging ich an die Schlagd, wo Gewichtheber trainierten. Ich riß aus dem Stand hundert Kilo und drückte hundertvierzig auf der Bank. Mein Trainer lag mit Krebs im Krankenhaus. Außer ein paar älteren Gesundheitssportlern sah ich nur von Anabolika wild gewordene Kugelstoßer, die zum Krafttraining kamen. Richtige Gewichtheber gab es nicht mehr. Alle redeten von Studios, die bald Mode sein würden. Ich fand meinen Namen in der vergilbten Rangliste vom Vorjahr, und aus irgendeinem Grund erleichterte mich das. Monster, ein Kugelstoßer, der für seinen Sport zu klein war,

aber hundertsiebzig Kilo auf der Bank drückte, nahm mich bis zur Fiedel mit. Er berichtete von Dopingkontrollen, die nun auch bei regionalen Wettkämpfen durchgeführt wurden, unregelmäßig noch. Er hatte Akne. Seine Beine waren so dick, daß er die Oberschenkel mit Penatencreme pflegen mußte, damit der Hodensack nicht wund scheuerte. Sein Golf stank.
In der Fiedel spielten Zigeuner. Ich bemerkte Teichmann, der aus der Band geflogen war. Ausnahmsweise kam er ohne die Gesten aus, mit denen er sonst seine Abgedrehtheit anzeigte. Ich trank rasch fünf Bier und überließ mich meiner Betrunkenheit vor den Boxen. Die Gäste nahmen genießerisch die Traurigkeit der Musik an. Angie kam, sie mußte mich gesucht habe. Ich bot Bier an. Sie ergatterte einen Stuhl und streifte die Sandalen ab. Gemeinsam betrachteten wir den wippenden Spann. Die Combo pausierte, und Angie bestellte Kirschwein bei der Bedienung, die sich nach Wünschen der Musiker erkundigte.

Wir rauchten Zigaretten vor der Haustür. Aus dem Off der Straßen drangen Stimmen. Wörter lockerten sich aus verhallenden Sätzen und fielen in das Licht vorbeischwimmender Scheinwerfer. Wind kam auf und trieb sich zwischen den Häusern herum, wie Gewölle in einem Schacht.

Wir umarmten uns zwischen ramponierten Fahrrädern und niedergemachten Briefkästen. Vor uns lagen Steinstufen.

In der Nacht rief Koller an. Er wollte mich treffen. Ich legte eine Hand auf die Muschel und sagte das Angie. Sie grub ihr Gesicht ins Kissen. Als ich mich aber mit Koller verabreden wollte, warf sie sich auf den Rücken, der Rumpf schnellte hoch. »Du bleibst hier«, schrie sie. Ich legte auf und Angie sank zurück. Vor dem Fenster dehnten sich die Kaskaden der Dächer.

Ich wohnte an der Naumburger Straße. Das Haus war von Wohngemeinschaften mit Beschlag belegt worden. Die Beziehungen der Mieter waren wohnungsübergreifend. Die Organisation dieses monströsen Haushalts betraf mich nicht. Ich wurde geduldet, ein Freak unter Langhaarigen. Wenn ich, schon im Achtzigerstil, an ihnen vorüberglitt, bekreuzigten sie sich.

Ich besaß eine Zimmerbar und schluckte gern die kleinen Sachen aus einer mit Zuckerrand präparierten Schale.

Angie ließ mich ihr Tagebuch lesen. Wenn ich in ihrer Fügsamkeit wie ein großer Pflanzenfresser weidete, fing sie manchmal an zu quengeln.

Ausgerechnet Hannover.

Eine graue Strecke zu Vororten. Reklamedreck vor Haustüren. Verfrühtes Licht in Treppenhäusern. Schimmel wächst aus tieferen Geschirrlagen in Freds Spülbecken empor, bis zu jüngeren Gebrauchsspuren an Tassen. Vorsichtig wie Magenkranke lassen wir uns im Küchensperrmüll nieder. Ich bezwinge meinen Ekel. Fred war wie geschaffen für die Schießbude einer Schülerkapelle. Schweigsam, aber nicht ungesellig. Keiner, der ein Fest vorzeitig verließ oder sich vor einem Kater fürchtete. Keiner mit Kunstflausen. Der erste mit Kötze. Der einzige, der zum Bund ging.

Worauf man achtet. Wie die Haare sind. Er trägt sie schulterlang, als melierten Trotzputz. Ich finde keinen Hinweis darauf, daß er immer noch Musik macht. Er scheint nicht mal mehr welche zu hören. Nach der Scheidung von einer Spanierin mit spirituellem Vorsprung lief Freds Leben aus dem Ruder. Das Paar hatte in Malaga den andalusischen Wahnsinn zelebriert. Schlägereien, Vollrauschversöhnungen und die Sterne zum Greifen.

Wir standen uns nie nahe. Ich glaube, ich war ihm ziemlich egal. Auch als Texter werde ich ihn nicht überzeugt haben. *Wir Kinder geplatzter Präservative / früh schon aus unseren Träumen in Traumautos umgestiegen.* Wem sowas einfiel, der konnte kein Ficker von echtem Schrot und Korn sein.

Auf dem Beifahrersitz sitzt ein bei Soundso beschäftigter Sonstwas-Techniker, mit der Ausstrahlung eines Nachtwächters, und riecht fies nach Rasierwasser. Immer noch fühlt er sich überlegen: »Hab gehört, du hast das Auto nur geliehen.«

Zerschossene Verkehrsschilder. Auf Feldern stehen Leiterwagen. Treckerspuren auf allen Straßen und der Gestank von Jauche über Kilometer. Als ich in diesem Nirgendwo falsch abbiege, schnauzt Fred mich an.

Wahrscheinlich kann man das auch wunderbar finden: wie Angie vor ihrer Mittelstandsburg, einem Klinkerflachbau, mit dem Audi in der Auffahrt. Sie trägt etwas Rosa- und Rostfarbenes. Ein Spitzensaum schmückt das Dekolleté. Ihre kastanienbraune Fülle verschwendet sie an Begeisterungszeichen. Wer soll ihr den Überschwang abnehmen?

Ankunftsgeräusche. Freds Geschenk ist doppelt so groß wie meins. Angie hatte mir aufgetragen, Fred mitzubringen. »Der kommt sonst nicht.« Ihre Fürsorge versetzte mir einen Stich. Es war ihre Idee gewesen, uns an ihrem fünfunddreißigsten Geburtstag zusammenzubringen.

Die zwei Kinder sind bei den Schwiegereltern. Eine

Rolle in Schröders Kabinett spielt der Gatte. Das ist ein Kompakter mit Sommersprossen. Zur Feier gibt er den bodenständigen Niedersachsen auf der Doppelkornschiene. Die Großeltern waren noch Bauern, Großbauern.

Wie das wohl ist, an einem Abend drei Männer zu bewirten, die alle mit der eigenen Frau? Im Haus glänzt alles schwarzweiß. Das Bodenmuster wird von den Wänden aufgenommen. Im Wohnraum ist es ein Schachbrett aus Kacheln. Wie mitten in der Arbeit abgebrochen sieht die Wiederholung des Themas an einer Wand aus. Im nächsten Zimmer geht man über schwarze und weiße Wellen. Die Möbel gehorchen einem Prinzip. Die Formate erscheinen japanisch. Kollers Yamamotokluft paßt dazu. Er nimmt gerade geschmacksneutralen Sprudel, stellt sich mit dem Glas auf die Terrasse zu dreißig Leuten. In einer Pose nachlässiger Beweglichkeit lehnt er an der Brüstung. Wir grüßen mit vorgetäuschter Unbefangenheit.

»Ich hab mir das hier ein bißchen intimer vorgestellt«, sagt er. Er hat seine Tochter mitgebracht, eine zwölfjährige Grungebiene, für immer in Trauer um Kurt Cobain. Im rechten Nasenflügel die kalkulierte Entgleisung: der in Silber gefaßte Brillant.

Ihre Mutter war zwanzig Jahre älter als Koller, eine Ärztin, die früh starb. Wenn ihr danach ist, nennt sie mich Onkel.

Als Angie mit festgeklemmtem Lächeln auftaucht, nähert Koller sich ihr wie ein Miettänzer: diese Schmierengrazie. Händchenhaltend stehen sie voreinander und suchen nach dem passenden Gefühl.

»Ich bin glücklich«, meldet Angie. Immer noch donnert in ihrer Stimme der Kasseler Dialekt.

Zur Terrasse hin ist das Wohnzimmer verglast. Leute

tanzen. Fred säuft aus der Flasche. Als wir beschlossen, deutsche Texte zu bringen, wollte er aussteigen. Als wir mit dem Glück der Ahnungslosen zu einer musikalischen Entdeckung des Jahres 1980 avancierten, blieb nur er bei Bier und Pillen. Von uns war damals keiner großartig über zwanzig. Keinem war die Musik gleichgültiger als Koller. Sein Verhältnis zu unserer Sache war literarisch. Ihm gefielen Geschichten von englischen Kunststudenten, die in den Sechzigern Bands gegründet hatten. Er wollte Angie beherrschen, um für seine Botschaften ein charismatisches Medium zu besitzen. In seiner Fantasie mag er sich als Hilfsteufel gesehen haben, der einen Engel versucht. Mich beneidete er um meine Herkunft und gab den Aristokraten, der ich bin: ein Abkömmling des Pflanzeradels von South Carolina, mit Hugenottenblut. Ein Ahne ritt mit Henri Quatre. Meine Eltern waren als weltreisende Beatnik-Existenzialisten in Nordhessen hängengeblieben; nachdem sie den größten Teil ihrer Zärtlichkeit füreinander und ein komplettes Vermögen aufgebraucht hatten.

Angie besitzt die Ausstattung einer Volkssängerin. Unser Erfolg hing von ihr ab. Sie hätte eine Solokarriere starten können. Öffentlich beteuerte sie, wie wichtig die Gruppe für sie sei. Wir hatten kurz eine gemeinsame Adresse, wohnten zu viert im Philosophenweg, neben einem Kiosk, wo wir uns versorgten. Ein Park lag an der nächsten Ecke, in meiner Erinnerung ein windbewegter und regennasser Aufmarsch des Grüns, der auf die häusliche Atmosphäre wirkte. Immer noch finde ich erstaunlich, daß wir in dem Trubel mit der Schule fertig wurden, angefeindet von Punks, Jazz-Puristen und den Rustikalen, die nur The Doors hörten.

Unsere Platte läuft. Umringt von ihren Gästen strahlt Angie auf der Terrasse. *La … aß es uns tu … un auf dem*

Klo vom Zoo. Mit neunzehn wurde sie schwanger. Auf dem Cover sieht man das. Als das »erste Baby der neuen deutschen Welle« wurde Tom-Lee begrüßt. Ein paar Wochen später brach die Band auseinander. Die junge Mutter ließ sich von entschiedenen Ansichten leiten. Übergangslos war sie voller Verachtung für drogenkranke Mucketypen. Popler ohne Verantwortungsbewußtsein. Den Handfesten im Halbärmelhemd, der ihren Auszug aus unserer WG regelte, hatten wir nie zuvor bemerkt. Plötzlich ging mir auf, was Angie vom Leben wollte: einen Mann, der jeden Kellner zur Sau machen konnte und ihrem Nachwuchs eine besonnte Kindheit schenken würde.

Auf dem Rücken der Nacht kommt Kühle. Die Leute ziehen von der Terrasse ins Haus. Fred reicht mir die Pulle. Eine Aniswolke entweicht ihr wie der Flaschengeist. Er geht auf die intensive Dunkelheit des Gartens zu. Der Alkohol löst in mir etwas aus, das mich an nächtliche Autofahrten auf flußnahen Straßen denken läßt ... an das Aufglühen eines Zigarettenanzünders und die einsamen Beleuchtungskörper in Ortschaften.

»Hier läßts sich aushalten«, meint Fred. Das Abschätzige hebt er für mich auf. Er ist Tom-Lees Vater. Seine Gleichgültigkeit zerstörte die Band. Angie hätte uns nicht verlassen, wenn er nicht ein so großes Arschloch gewesen wäre. Fred kochte nicht und tröstete niemand. Er trommelte und trank.

Der Himmel schließt seine Lichtbringer hinter Wolken. Im Wohnzimmer klirren Gläser. Der hohe Ton verlängert sich im Gelächter. Ich beobachte, wie die Schuhspitze einer Frau das vom Schnittchen gekippte, hartgekochte Eigelb auf dem Boden pulverisiert.

»Hier steckt ihr!« Angie schnappt den Rakı, schluckt und hält Fred die Flasche hin, damit er anrückt. Sie trägt ihm nichts nach. Auch ohne das sie's ausspricht, weiß ich, daß ihr ein demokratisches *wißt ihr noch?* auf den Lippen liegt. Sie zeigt gern ihre Zunge, das Schäufelchen. Sie bringt einen gern hoch, greift sich an die Brust. Früher redete sie fröhlich über die sexuellen Präferenzen ihrer Liebhaber.

Angie schmeißt die Flasche in den Garten, wo wir sie im Gras rollen hören. Fred zuckt an der kurzen Leine des Groove aus dem Wohnzimmer. Im Suff gewinnt er die Statur eines aufgeschwemmten Rock'n'Rollmaniacs. Koller kommt, um zu sagen, daß er geht. Die Tochter sei im Sessel eingeschlafen. Ob ich mich davon stehlen kann?

Nein. Angie sehnt sich nach hellem Wahnsinn. Sie will in einem Baggerloch baden wie in einem Jungbrunnen. Und mit wem sollte sie sich selbst solch einen Streich spielen, wenn nicht mit uns, den Komplizen ihrer Jugend. Sie eilt voran zu meinem Lancia. Auf einer Nutzfahrzeugen vorbehaltenen Piste rumpeln wir durch landwirtschaftliche Flächen. Leuchtspurgeschosse malen weiße Magnesiumstreifen an den Himmel. Ein Truppenübungsplatz muß in der Nähe sein. Aber vielleicht ist auch Krieg, der in Minutenschnelle das ganze Land überzieht, und nur wir, betrunken und irgendwie weit entfernt von allem, werden am Ende übrigbleiben. Wir steigen aus und folgen, geblendet von der Schönheit des Schauspiels, einer Fährte in hohem Gras, in dem, wie lang hingestreckte Kadaver, umgehauene Bäume liegen. Was sich von weitem wie Fels ausnahm, erweist sich von nahem als Müll. Wir umgehen den Dreckhaufen, der sich an die Wände eines abgesoffenen Steinbruchs schmiegt. Kleine Wellen, die gegen Stein schwappen.

Beim Ausziehen gehorchen wir einer Choreographie der Scham. Die Männer sind aus dem Leim gegangen, und das Mäusige, Guterhaltene an Angie läßt schon die mumienhafte Greisin erahnen, als die sie einmal, warm verpackt, in einem Sylter Liegestuhl ruhen wird. Das ganze appetitliche Fett der mittleren Jahre im Feuer der Alterungsprozesse weggeschmolzen. Die Männer stehen für sich, und Angie kommt zu ihnen. So war es stets. Nebeneinander schwimmen wir zu einer Stelle, wo mit Weiden bewachsene Blöcke im See stehen.

Die Nacht weicht von der Landschaft. »Das hätten wir einfacher haben können«, sage ich, als wir uns fröstelnd mit unseren Klamotten abtrocknen.

»Bestimmt nicht«, entgegnet Angie mit triumphalem Ernst.

Im Autoradio werden die Werktätigen auf den Tag eingestimmt. »In die Wüste geschickt«, wie Angie findet. Zärtlich bläst sie ihren Atem in meinen Nacken. Alle Betten sind Särge, die trostlosesten Orte, die wir uns vorstellen können. In dem Bestreben, nie wieder klarzusehen, beschleunige ich den Lancia auf gerader Strecke bis zum Horizont.

Angie fand es himmlisch, im Braunschweiger Rathaus aufs Klo zu gehen. Während ich, matt vom Ansehen müder Gesichter, auf der Straße wartete. Ich dachte an die Gemeinschaftshäuser der norddeutschen Dörfer, durch die wir gefahren waren, an das Lehnen der Leiber gegen Gartengitter. Kein öffentliches Telefon im Ort. Eine freiwillige Feuerwehr, die beim Errichten der Scheiterhaufen von 1933 geholfen hatte ... Die zur Schau getragene Versandhausmode auf der Gasse.

Wir mußten die Fenster runterdrehen, der Rauch zog ab, und die Bevölkerung bekam was zu hören. Jahre fuhren wir durch Raps.

Angie kam vom Klo. Ihre grätendünnen Knochen spannten glänzende Haut von unnatürlicher Farbe. Ein gemäßigtes Irresein preßte sie. War ich nun nur noch ihr Wärter?

Sie klammerte sich an mich. Unter der Wirkung von Speed war sie außer sich geraten. Ich spürte, wie der Affe ihr aufs Kreuz kroch. Ich faßte ihr Genick. Entspann dich. Sie sah zu mir auf: im Blick die ganze Hilflosigkeit eines achtzehnjährigen Stars auf kleinen Bühnen.

Schließlich verflüchtigte sie sich zunehmend. Sie war so dünn, daß sie sich vor der grauen Luft wie eine dekorierte Schießscheibe ausnahm. Ich schmeckte den Haß der Werktätigen auf die bunte Frau an meiner Seite. Aus einem Auto kletterte, etwas mühsam, das Exekutionskommando. Ich wartete auf den Genickschuß.

Angie rannte in ein Taxi. Sie fiel auf die Straße und blutete. »Stell endlich den Motor ab«, sagte ich zum Fahrer. Dieser Krach, der als Gestank zum Nervengift wird.

»Sie muß ins Krankenhaus«, sagte der Fahrer. Er bettete Angie in die stabile Seitenlage. Die ganze Niedertracht des alltäglichen Lebens fand ich in dem Bild. Ich wollte verschont bleiben von dieser fatalen Tüchtigkeit, die allgemein zu werden drohte. Schon boten Passanten Hilfe an. Wollten die jetzt alle Krankenschwestern und Pfleger sein?

Wake up! You can't remember where it was.
Had this dream stopped?
Jim Morrison

Koller saß schon an der Theke, neben Männern mit Visagen wie heruntergelassene Visiere. Sie versicherten sich ihrer Begleiterinnen mit einer Herrlichkeit, die surreal wirkte in Anbetracht der feministischen Propaganda. Einen Augenblick zog ein Kind meine Aufmerksamkeit auf sich, das sich unter Luden und Schlägern wie in einer Gesellschaft von Onkeln und Tanten bewegte, bis es weggeführt wurde.

Wir tranken so schnell wir konnten. Der Alkohol hatte eine wohltuende Wirkung. Ich spürte, wie meine Glieder unter der Haut sich lockerten. Ich tauchte in eine Flut von Bildern. Manche waren an den Rändern ausgefranst und hatten einen Farbstich, von dem ich zuverlässig wußte, daß er falsch war. Ich führte mein Glas zum Mund, nahm einen Schluck und setzte es wieder ab. Die Bewegung, mit der ich Schaum von den Lippen wischte, geriet etwas groß, so daß die Finger meiner gespreizten rechten Hand langsam an den Augen vorüberglitten. Ich kam zu der Überzeugung, daß meine Augen, vom Rauch im Lokal angegriffen, nicht mehr ihre normale Sehkraft hatten. So erklärte ich mir den Dunst, in den ich blickte. Um mich herum geriet die Welt in einen Taumel. Ich aber saß schwer auf meinem Hocker. Immer noch trank ich. Ich rauchte auch. Es kam mir so vor, als sei die Wirklichkeit mit einem Mal und ohne ersichtlichen Grund zu ihren Gunsten entstellt. In dieser undurchsichtigen Stimmung wuchs mein Eskapismus. Schon begann ich nach der ersten Stimme zu lechzen, die das Schweigen brechen würde. Koller warnte mich. Man fing an, mich zu beachten. Er winkte dem Barkeeper.

Auf dem Gang zur Haustür stießen wir mit einem schwarzen Hünen in Shorts zusammen. Er hatte Schädelknackerhände. Ich sah unsere Hirne, breiig wie zerquetschte Hühnerküken von den rosigen Flächen tropfen. Aus dem Gleichgewicht gebracht, schrammte er an der Wand ab. Während Koller ihm zu helfen versuchte, betrat von der Außentreppe her eine Frau den Gang und schrie auf. Sie war übergeschnappt. Schlagartig war ich nüchtern.

Ich achtete auf Koller. So wie er manchmal kniff, so stellte er sich auch, jäh, ohne Überlegung, beraten nur von seinem Mut, dem plötzlichen Wunsch nach Selbstverherrlichung. Die Lokaltür wurde aufgerissen, und in den Gang fiel Licht. In einem Schwall warmer Luft, in dem übler Pop nachschwang, zogen Betrunkene an uns vorbei. Wir beeilten uns, mit ihnen ins Freie zu kommen. Mit weichen Knien trat ich auf die Straße, wie durch eine Schleuse. Ich ging ein paar Schritte, tapsig, als müßte ich das Laufen erst lernen.

Koller suchte das Gespräch mit den Männern. Erschöpft und ungeduldig lehnte ich gegen eine Brandmauer, vor der sich Abfall staute. Meine Augen zogen Fäden aus Lichthöfen unter Straßenlampen. Voll Unbehagen wartete ich darauf, daß mein Freund sich zum Weitergehen entschließen würde.

In einem Amitanzhaus für Weiße an der Holländischen Straße blieb er an der Tür hängen. Ich kämpfte mich zur Theke vor. Eine Frau bat um Feuer. Unter einem weißen Herrenjackett trug sie einen roten Overall. Ich sah zu, wie sie rauchte. Einmal streifte sie mich mit ihrer Zigarette und entschuldigte sich dafür, indem sie mein Knie antippte. Sie drückte sich an mir vorbei, um an der Theke zu bestellen. Als sie sich umwandte, um zurückzutreten, streifte sie meine Schulter mit ihrer Brust.

Ich bemerkte meine Schwester. Dem Elektroniksturm aus Licht und Tönen hatte sie den Rücken gekehrt. Marion redete mit einer Kellnerin, die sich einer Kollegin in kindlicher Konspiration kichernd zuneigte. Die verstand nicht und zeigte das, indem sie ein Ohrläppchen hob.

Teichmann erschien. Er kam mir vor wie ein süchtiges Heimkind, zur Jacke keine passende Hose und Turnschuhe. Ich dachte, in diesem Aufzug werden Ärzte um Tabletten angegangen. Er berichtete vom Altenheim, von zuckenden Körpern, in die Dekubiti faustgroße Löcher geschlagen hatten. In manche waren Katheter eingeführt. Spitze Gesichter, als setzte die Leichenstarre schon zu Lebzeiten ein, und kein klares Wort kam über ihre Lippen. Fütterte man sie mit einer Schnabeltasse, rann ihnen die flüssige Nahrung über das brüchige Kinn. Er betrachtete mich aus dem großen Abstand eines von seiner Innenwelt Absorbierten. Ich riet ihm zu trinken, er sollte sich beruhigen. Aber er war nicht zu bremsen. »Schau dich um«, schrie Teichmann, glücklich einen gefunden zu haben, der ihm nicht gleich entwich, »alle glauben an ein eigenes Leben. Weshalb verfluchen die Alten in den Stuben und Heimen ihre Kinder nicht? Weil sie sich an ihre Sünden erinnern! Zu diesem Zweck werden Städte gebaut, deshalb wird allgemein die Geschwindigkeit erhöht: Man will die Gegenwart des Todes leugnen. Die Hybris reißt den Leuten die Köpfe in den Himmel. Sie haben die Sklavenbotschaft ihrer Gene vergessen. Vergessen, wie sie sich im Dreck der von Pferdehufen und Wagenrädern zerfurchten Wege vor ihren Herren krümmten, die, wenn sie in Stimmung waren, ihre Pferde über sie hinwegtrieben, sie verkrüppelten, schändeten, bestahlen und verhöhnten. Und nur die Pferde, die Falken und die Rassehunde wurden gut behandelt.« Teichmann musterte mich trübe, den Grad meiner Anteilnahme erforschend. »Wer windig genug ist, wird Studienrat ... Diese Leute ... an keinem Tag sind sie grüblerisch. Auffällig ist die Kunstlosigkeit ihrer Ausführungen. Ihre Reden klingen, als hätte das Rauschen der Wasserspülung für sie einen musikalischen Wert, der sie zu Adaptionen reizt.« Koller zog mit Veronika vorüber. Der Partykeller seiner Eltern kam mir in den Sinn, wo die Gläser mit Eingemachtem auf der Hausbar standen.

»Weißt du, woran es mir fehlt?« fragte Teichmann. Eine Antwort brauchte er nicht. »Ich war nie annähernd heftig genug, um an meinen Idiosynkrasien einzugehen, um unter Konvulsionen, mit Schaum auf den Lippen, tappend und taumelnd, wie der vom Veitstanz geschüttelte, von Kindern gequälte, taubstumme Idiot auf der Mabbot Street 1904 zu krepieren.«

»Das hast du aus dem ›Ulysses‹.«

Er nickte zu meiner Belesenheit, als sei es normal, morgens nach zwei in einer Kaschemme voller *white trash* aus Übersee und Hausfrauen aus Bettenhausen einen zu treffen, der den »Ulysses« kannte. Nicht, daß ich mit ihm Schlitten fahren wollte, aber es juckte mich doch, ihn auf dünnes Eis zu führen. Ich zitierte Beckett: »Ich mach hier nur eine Pause, um zu notieren, daß ich in außerordentlicher Form bin: Ich glaube, das ist das Delirium«.

»Is von meinem Opa«, sagte Teichmann gleichmütig. Ich kannte die Geschichte, aber ich glaubte sie nicht.

Ein geräumtes Ladenlokal. Der letzte Besitzer hatte nach drei Monaten Geschäftsbetrieb aufgegeben. In einem

Imbiß an der Friedrich-Ebert-Straße waren die Preise nach einem Pächterwechsel gestiegen. »Ich geh jetzt scheißen«, sagte eine Frau mehrmals, in Erwartung starker Reaktionen. In der Fiedel stand sie neben mir. Ich ertrug den fremden Atem nicht, der über meinem Glas verströmte. »Wer zwölf Kinder zusammen hat, kann eine Schule aufmachen«, erklärte ihr Nachbar. Er trug ein mit zwei Sockenhaltern am Rücken gestrafftes Jackett.

Ein Feld voller Krähen. Pferde in einer Koppel. Ging man gegen den Wind, herrschte Krach. Kehrte man dem Wind den Rücken, war Ruhe. Auf einer Bank lag eine tote Katze. Neben ihrer Schnute war Blut, eine Dunkelverfärbung im Holz.

Eben fiel mir ein, wie man aus dem Kaufunger Wald auf Wattenbach sieht. Ich entdecke mich auf der Straße nach Dörnhagen, ein Radfahrer in der Uniform christlicher Pfadfinder. Immer noch bin ich versucht zu sagen, wir hatten eine Hütte bei Helsa. Heißer Rotwein, Ravioli in Mengen. Wir spielten gefährlich mit Beilen. Unsere Schuhe hatten Stahlkappen. Dachpfannen zerschlugen wir karatemäßig mit den Handballen. Ich fand auch gut, daß der Vater unseres Gruppenführers die Nahkampfspange in Silber hatte. Das war 1972.

Während überall in Deutschland, vielleicht sogar in Kasseler Bezirken, die ich nicht kannte, das Leben eine andere, erfreulichere Richtung zu nehmen sich anschickte, mußte ich in einem Sarg wohnen, der Waldau hieß. Zu Christi Himmelfahrt zogen Väter durch Straßen, die nach verlorenen Gebieten benannt waren. Der Vater eines Jungen, mit dem ich zusammen zur Schule ging, kämpfte gegen einen Mann, der ein Messer hatte, und gewann. Kurz darauf machte ein Bandscheibenvorfall seiner Berufstätigkeit ein Ende. Gelangweilt saß er vor dem Haus auf dem Kinderspielplatz.

Als ich Kind war, war immer Krieg. *Außerhalb* Deutschlands. In *Irland* und in *Vietnam*. Ich lebte in einer *Zone*, wo der Bäcker morgens Brötchen ausfuhr und ich die Bildzeitung zu holen hatte, die ein *Groschenblatt* war, weil sie zehn Pfennige kostete.

Als ich aus dem Bezirk meiner Kindheit ins Zentrum vorrückte, kam mir das vor wie der Eintritt in ein neues Leben.

Ich lernte eine kennen, die mit Nivea ihr Gesicht bleich schminkte, um heroinsüchtig zu wirken. Ich besuchte sie in der Wohnung ihrer Eltern. Ihr Zimmer war mit Udo-Lindenberg-Plakaten geschmückt. Damit hatte ich nicht gerechnet.

Ihr Klappbett war ein Platz für unterdrückte Regungen. Pack dir das Kopfkissen aufs Gesicht, wenn du schreien mußt.

Ich las die Statuten des Kommunistischen Bundes Westdeutschland und eine populäre Marx-Biographie. Für den Gesellschaftslehreunterricht verfaßte ich einen Aufsatz über Karl Marx, in dem ich mich auf diese Quellen stützte. Ich appellierte an die Klasse. Den Kollegen mit ihren handfesten Interessen mußte das seltsam erscheinen. Aber nicht ich, sondern *der Heizer* Koller repräsentierte unsere Schule bei einer Rundfunksendung in Frankfurt. Er wußte, wie man aus einer Mark einsfünfzig machte.

Indem ich nachmittags bei ihr klingelte, belästigte ich eine Lehrerin. Ich lauschte ihrer in der Gegensprechanlage verzerrten Stimme. Sie lebte allein, in dem Hochhaus am Altmarkt, wo auch Nutten wohnen sollten. (Sie war an ihre Wirkung gewöhnt und grundsätzlich geneigt, den Effekt mit Ironie zu mildern.)

Als ich mit dreizehn zum erstenmal ins Blue Days gelassen wurde, traf ich meine Mutter auf der Tanzfläche.

Sie reiste, wir kriegten Postkarten. Wenn sie uns besuchte, gefiel es ihr, sich wie eine Halbwüchsige aufzuführen. Eine Weile wohnte sie in unserer Nähe, im Haus eines arbeitslosen Maurers. Sie war nicht seine einzige Geliebte. Der Mann lebte mit drei Frauen zusammen, die ich alle kennengelernt habe. In meiner Erinnerung hat der Maurer viel von einem Künstler. Ich sehe ihn in gewollter Verlumptheit und extremer Selbstbezogenheit, nicht unbedingt an einer Staffelei, aber doch mit dem verschwiegenen Irrwitz und der Festigkeit eines von Visionen aus allen regulären Zusammenhängen herausgehobenen Malers.

Einmal war ich in seinem Garten, um Kirschen zu ernten. Während ich am Stamm turnte, fand ich zufällig eine Position, die mir einen Blick ins Bad bescherte. In der Wanne lag eine Frau. Ihre Brüste ragten wie ein Wellenkamm aus dem Wasser. Der Wannenrand schimmerte in Oxidationsfarben.

Mit Koller kam ich in die Teestube am Ständeplatz, verrufen als Haschgrube. Sie war zweiundsiebzig an anderer Stelle eingerichtet worden, wegen einer (im Zusammenhang mit einer documenta erwarteten) Invasion von Drogenleuten. Zu meiner Zeit spielten dort Mädchen in Nachthemden Tischfußball. Sie hörten King Crimson und weinten dazu. Von der Teestube ging man ins Movie (mit der Studiobühne) oder ins Hermann-Schafft-Haus, zu Konzerten von Guru Guru, Grobschnitt, Hölderlin. In der Stadthalle spielten Nina Hagen, Konstantin Wecker, Roger Chapman.

Koller trug mit dreizehn Matte, »sieht uss als wie vom

Pudel die O'hen«. Er kultivierte den Heh-Alter-Stil. Seine erste Baßgitarre baute er selbst. Auf allem, was zwei Räder und einen Motor hatte, war er gut.

Wir trafen meine Schwester in der Fiedel (Goethestraße, Ecke Querallee). »Klasseladen, urige Pinte, Studententreff.«

Marions Pony übersprang ein Haarband. Sie war nicht allein. Der Freund arbeitete im Lampenfachgeschäft, Außendienst. Er sah aus wie Barry White in weiß ... so ein Racke-Rauchzart-Typ mit spitz zulaufendem Kragen auf dem Revers und Timbre in der Verführerstimme.

Wie kam Marion zu dem? Unsere Biere wurden ohne Debatte auf den Deckel vom Ladichtenfritze geschrieben. »Was treibt ihr?« – »Musiker sind wir.« Wir machten uns bald heimwärts ab, mußten anderentags nämlich frühmorgens wohin, man würde sich sehen, bis die Tage. Keiner sollte glauben, daß wir uns für anderthalb Liter Pißbrause einsülzen ließen.

Marion kam hinterher. Die Luft half, nach dem Rauch im Lokal. »Hört mal, wir treffen uns, morgen geht aber nicht.«

In unseren Nylonblousons bibberten wir. Es war kahle, arschkalt, scheißkalt. Ich wollte gar nicht, daß Marion in der Band mitmachte. In der Kälte schienen auch die Häuser zusammenzurücken.

Wo hinter aufgegebenen Kasernen Äcker bis zur Fulda reichten, standen ausgeschlachtete Autos wie Kunstwerke am Feldrand, eingerahmt von leckgeschlagenen Fässern mit Giftemblemen.

In der verliesartigen Abgeschlossenheit einer Kleingärtner-Kolonie war ein Ausschank, der bei jedem Wetter von wampenstarken Männern belagert wurde. Mit dem, was draußen vor sich ging, hatten sie nichts mehr zu schaffen. Das Geschäft des Wirtes war von freundschaftlichem Umgang nicht zu unterscheiden.

Einmal verirrte sich ein mädchenhaft zierlicher Asiate dorthin. Er zitterte vor den rohen Deutschen, die ihn an Größe und Masse in solchem Ausmaß übertrafen, daß es so aussah, als stünde ein Sperling vor Ochsen. Die Kleingärtner genossen seine Angst, dazu aufgelegt, dieses fiebende Tierchen, das ihnen der Zufall auf die Stiefelspitze gespült hatte, spielerisch einzustampfen. Selbst die Hunde schienen belustigt.

Manchmal rollte ein Cadillac vors Büdchen. Der amerikanische Armeeangehörige hatte ein Faible für das lauschige Plätzchen der als Blumenfreunde getarnten Schlucker. Er amüsierte sich über die Germanrotznase, die ein Amerikanisch konnte, aus dem der Hochmut des Pflanzeradels von South Carolina nie gelöscht worden war. Meine Fingerfertigkeit auf sechs Saiten entzückte ihn. Er nahm es auf sich, mich in die Handhabung des Bottleneck einzuführen.

Am westlichen Stadtrand erhob sich die Hügelkette des Habichtswalds wie hinter windbewegten Stores.

Koller sollte Nachschub fassen. Er fing einen Heiermann nicht, den ich ihm zuwarf. Die Münze fiel auf den Rasen, Mondlicht darauf. Koller schnappte sie, machte sich gerade.

»Was gibts noch?« Er verzichtete auf eine Entgegnung. Mädchen kicherten in den Büschen. Veronika rülpste sacht, ihre Fahne wehte. Ein Dobermann hetzte über die Wiese. Das Halsband schimmerte.

Veronika legte meine Gitarre ins Gras. Ich war verwundert, bis zu dieser Stunde hatte sie die Gleichgültige markiert.

Sie trug ein Hemd, das Koller gehörte.

Wir saßen wieder bequem und suckelten Restbier aus den Düsen, die wir verstreut hatten, als Koller aufkreuzte, die nächste Bude hatte zugehabt. Wir rauschten weiter, drei Leute, die sich mochten, sich aneinander rieben, miteinander sangen, eine kleine Herde in geräuschvoller Dunkelheit. Ab und zu stand einer auf, entfernte sich ein paar Schritte, um zu schiffen. So fing das an.

Uns zog es zu Älteren. Mit einem Mehrfachsitzenbleiber, der schon sechzehn war, unternahmen wir nächtliche Spritztouren bis nach Bad Nauheim, wo *Down-South*-Größen auftraten. In einem Club, zu dem wir rasch privilegierten Zugang erhielten. (Ich hätte als Maskottchen der Cajun-Leute Nordhessen damals hinter mir lassen können. Ich kapierte den Süden ... das *Let the bon temps rouler* auf der Interstate 10 durch Louisiana, ohne je dort gewesen zu sein. Für mich war aber zuwenig Rock'n'Roll in diesem Spiel. Ich stand schon auf den Albinovirtuosen Johnny Winter, den ich erst Jahre später, ich glaube neunundsiebzig, in einer frühen Rockpalastsendung sah. Er sollte auf der Lorelei auftreten, sagte das Konzert aber ab. Nachdem ich schon eine Karte gekauft hatte.)

Veronika fuhr mit. Sie mußte nachts nicht aus dem Fenster ins Abenteuerland klettern. Um halb zwölf konnte sie ihrer Mutter ohne weiteres ade sagen. Die lag dann auf der Couch vor dem TV und erwartete Anrufe. Sie verausgabte sich in komplizierten Affären mit verheirateten Männern. Arbeiten ging nicht.

Das Surren der Räder machte sich in der Atmosphäre selbständig, tauchte unter den Flügelschlag aufsteigender Vögel und prallte an die Luftwand, als die ich Gegenwind erlebte. Gern hätte ich hier und da Coca-Cola getrunken, den Blick schweifen lassen. Das ging nicht. Schließlich bogen wir vom Hauptweg ab und gerieten auf einen Pfad voller Laub. Ich schlug eine Pause vor.

»Kommt nicht in Frage«, behauptete Koller, und ich zögerte nicht, ihm zu folgen. Wir trieben die Räder wie Ponys durch den Wald, Hänge hinauf. Koller stand auf den Pedalen, sein Arsch bramarbasierte. Das war eine Siegerkeule … das Körperteil eines selbstgewissen Bringers.

Unseren Kram trugen wir in Rucksäcken, keiner hatte einen Gepäckträger am Rad, keiner ein Schutzblech.

Wir gerieten auf eine Lichtung. Brocken lagen dort, warm in der Dämmerung. Ein Hochsitz stand am Rand der Lichtung. Wir verschnauften zwischen den Rucksäcken. Schmetterlinge landeten auf Halmen.

Wir hatten zu wenig Sprudel dabei. Die Erde roch mächtig nach Erde.

Ein Baumsaum und Flächen voll Mais und Sonnenblumen trennten uns vom nächsten Ort. Stark befahrene Straßen führten daran vorbei. Gesondert lag ein Bad. Flach wie ein Bild streckte sich das Becken in einem grünen Rechteck. Wir überwanden einen Zaun. Wie Kampfschwimmer im Nachteinsatz glitten wir ins Wasser. Wir sahen uns an: voll Mordlust und Lebensfreude. Wir zweifelten daran nicht, zu allem die Traute zu haben. Fünfundzwanzig Meter konnte jeder tauchen.

Die Lichtung schien sich in Erwartung unserer Ankunft zu strecken. Wir breiteten unsere Schlafsäcke aus. Die Räder weideten beieinander.

Wir wurden angeflogen von Insekten. Der Wald knackte. Keiner wußte genug, um melden zu können, das war ein Kauz.

»Freundschaft für immer«, sagte ich.

»Freundschaft noch in den ewigen Jagdgründen«, sagte Koller.

Fünfundsiebzig zeigten Eltern ihre Kinder wegen Verstößen gegen das Betäubungsmittelgesetz bei der Polizei an. Anders wüßten sie sich nicht mehr zu helfen, sagten sie. Einer Rechtsverordnung des Kultusministers folgten Streiks an Kasseler Schulen. Als Mitglied des Schulsprecherkollektivs der Gesamtschule Waldau war ich an der Organisation eines unterrichtsfreien Aktionstages beteiligt. Ich rauchte Hasch aus einer langen Pfeife und legte mich um halb elf im Raum der Schülerselbstverwaltung schlafen. Ich hatte einen seltsamen Traum und wußte, der kam vom Opium im Hasch. Ein Jahr später rauchte ich sowas noch mal, in Amsterdam, und sah dann, stoned bis zum Anschlag, *Der Mann, der vom Himmel fiel* mit David Bowie.

Eine Woche nach dem Aktionstag mobilisierten die GSW-Schulsprecher, unterstützt vom Kommunistischen Bund Westdeutschland, sechshundert Schüler für eine Demonstration. Am Messeplatz vereinten wir uns mit Gymnasiasten, von denen einige sich über die Kämme und Bürsten in den auf Wadenhöhe an die Hosen der Gesamtschüler genähten Taschen mokierten.

Szenen von sechsundsiebzig. Ich zeige Koller meine gut gefettete Walther PPK im Partykeller seiner Eltern. Wir ergötzen uns an ihrem Anblick. Jederzeit könnte man damit einen umnieten, wegpusten, abschalten, flachmachen. Kollers Mutter kreuzt am Treppenabsatz auf und stolpert über den verschlissenen Läufer auf der letzten Betonstufe im original Bunkergrau. *Dieser Raum läßt sich auch als Schutzraum verwenden.* Der Sohn sieht flüchtig in das verheulte Gesicht, eine rote, vom Kummer regierte Beule, und wendet sich dann wieder der schönen Waffe zu. Seine Gleichgültigkeit ist ein Abgrund, den die Mutter nur schreiend überwinden kann. »Versoffenes Tier«, brüllt Koller zurück.

Das Wetter ist mit der Frostklammer unterwegs. Es könnte heute noch schneien, geregnet hat es schon. Die Kälte raubt den Leuten das letzte Lächeln. Koller organisiert einen Opel Commodore. Nachts biegen wir hinter einem Ortsausgangsschild von der Straße ab, auf einen Weg in den Kaufunger Wald. Kollers Lippen sind zu einer Kerbe quer über dem Kinn geschmolzen. Ich fühle nichts als Hitze. Im Kegel der Scheinwerfer wirkt der Wald wie aus wippendem Stein. Die vereisten Baumwipfel bilden einen monumentalen Bogengang, durch den wir sausen wie in einer Seifenkiste. Mir ist, als hätte ich am Waldrand einer witzlosen Wirklichkeit für immer ade gesagt.

Die Scheinwerfer schneiden Ansichten meterhoher Luftwurzeln aus der Finsternis. Aus dem fahrenden Auto schieße ich die Pistole leer.

Wir fuhren zur Papiermühle bei Adelebsen. Kinder pißten vor den Eingang, während Hunde sie berochen. Die Leute auf den Kühlerhauben, breit bis zum Umfallen. Dealer kamen, ihre Chevrolets litten auf den schlechten Straßen. Ihre zerknitterten, karnevalesken Anzüge, in denen sie sich aufführten. Wie aus Seenot gerettete Pastoren. In ihrem besonderen Idiom verschwammen die deutschen Dialekte zu einer englischen Subsprache. Unterdessen wurde eine Hymne nach der anderen gespielt, alles von *Stairway to heaven* bis *Jessica*. Diese Lieder sind für mich untrennbar mit der Landschaft verbunden, die zu dem Treiben einen düsteren, nur gelegentlich von Wetterleuchten illuminierten Hintergrund bildete. Wenn ich Helden dieser Epoche heute sehe, deuten sie ein Erkennen nur an. Es gibt welche, die mir ihren undeutlichen, durch die verflossenen Jahre bis zur Gegenstandslosigkeit ausgedünnten Mißmut entgegentragen wie eine Reliquie. Diese alten Feindschaften haben den Vorzug der Dauerhaftigkeit.

Wenn wir mit sechzehn, siebzehn mehr über die Funktionsart des Herzens gewußt hätten, wäre ein Herzinfarkt aus lauter Angst fällig gewesen. Wie oft habe ich mich speedstoned ins Bett gelegt und mein Herz der Raserei überlassen. Unter der Kopfhaut liefen Ameisen Amok. Doors gehört, aus dem Fenster auf den Beton gegenüber gestarrt; ein Pilot in der blauen Kälte.

Neunundsiebzig erlitt mein Vater einen Schlaganfall. Fortan zitterte er gefährlich. Vor Anstrengung die Hand am Kopf. Ein Sessel ... er sei nun verbraucht. Meine Hemden waren teuer und sollten erst im Herbst in Mode kommen. In Eschwege sah ich Rory Gallagher. Nachts fuhr ich. Ich hielt an Tankstellen, schaltete die Innenbeleuchtung ein und schrieb auf, was ich sah. Wie zur Kontrolle legten Scheinwerfer Lichtplatten auf das Papier.

Wir waren mit zuwenig Geld ins Elsaß gefahren und auf dem Heimweg irgendwie nach Karlsruhe geraten. In einem Supermarkt besorgten wir Schokolade und gingen dann gleichgültig an Schaufenstern entlang durch die Stadt.

Ein verlorener Tag, wie es schien. Ich stahl Gedichte. Das brachte ein gutes Gefühl. Wir waren von der Schokolade nicht satt geworden, die Zukunft kam mir wie ein Raum vor, in dem sich unsere Jugend endlos dehnte. Wir betrachteten eine Kinoreklame. Von einem Sims flogen Tauben auf.

Wir aßen was vor einem Imbiß, in dessen Glastür sich das in kurzen Abständen aufleuchtende gelbe Achtungslicht einer nur auf diese Phase reduzierten Ampel spiegelte. Männer standen mit Flaschen auf der Straße. Sie waren an ihren Monturen zu erkennen. Sie verstanden sich auf Maschinen. Ihre Gesichter waren wie unter Zementstaub grau. Ihr anlaßloses Gelächter, das in Husten überging und in rotzbefrachtetem Räuspern ausklang. Man bemerkte an ihnen noch die letzte Mode, deren Forderungen ihnen wie eine Entsprechung des Selbstgefühls vorgekommen war. Auch wenn sie davon keinen Begriff mehr hatten, die Leiber reagierten auf jeden Rock'n'Rollverschnitt, der von irgendwoher an ihre Ohren geweht wurde. Dann griffen sich diese Männer ins Haar, um zu prüfen, ob es ordentlich lag.

In dem gestohlenen Buch ist eine Erinnerung an die Schwere meines von Hitze niedergedrückten neunzehn Jahre alten Körpers aufbewahrt. Heute weiß ich, daß ich damals schon auf dem Sprung war, mich einem neuen Rhythmus anzuvertrauen. Davon hatte ich damals natürlich keine Ahnung.

Als Geschäfte nur noch platzen konnten, heuerte Koller bei einem Reinigungsunternehmen an: ein Tänzer unter den Müttern, die seine Kolleginnen waren. In ihm erkannten sie einen Menschen, dem der Zwang, in Bewegung zu bleiben, zum Bedürfnis geworden war. Er entfaltete sich: in den weiten Räumen der Versicherungen, den Gängen der Maklerbüros, noch ohne Computerbatterien.

Wie junge Hunde forderten wir Passanten heraus. Von einem, der schmutzig war und Krämpfe hatte, sagte Koller: »Eine ganze Stadt zum Publikum seiner Verzweiflung machen zu wollen ist fast schon wieder eine gute Idee.«

Koller kannte keine Schwierigkeiten. Er lebte so sorglos, wie Tacitus die Fennen beschrieb. In der Unterhose tobte er durch die Wohnung. Er betrachtete sich im Spiegel, wählte Kassetten, die er laut abspielte. Er kniete vor Angie und küßte ihre Nägel. Manchmal war ihr eine konservative Erziehung anzumerken. Eindrucksvoll benutzte sie Worte wie flott und keck.

Wir gingen einkaufen, und Koller stahl Obst.

»Meine Beute«, sagte er.

Auf der Straße täuschte er eine Gehbehinderung vor.

Ein Handballspieler mit gebrochener Nase kam vorbei. Das Piece steckte im Sportschuh, Größe 47, Marke Puma.

Vor dem Hot Legs tranken wir Kaffee. Angie machte höhnische Bemerkungen über Männer. Sie war ungnädig wegen eines Blutergusses, den Koller ihr beigebracht hatte.

Vom allgemeinen Erfolg zeugten Reklametafeln. Alle fühlten sich als Sieger. Allen voran wir ... machten Urlaub auf der Königsstraße. Wenn der Anzug sitzt, wird Beton zum Schlagzeug der Ledersohlen. Waren die Schuhe eines Mannes nicht zugleich Herolde, die seine Ansprüche auf Raum und Geltung verkündeten?

Wir mußten uns auf der Straße nicht behaupten. Wir zeigten dort nur Geschmack.

Glühbirnen säumten Biergärten. Lauere Nächte hatte es nie gegeben. Aus Berlin, Hamburg und München waren Leute angereist, um die Sommerferien bei ihren Familien zu verbringen. Begeistert waren sie vor einem Jahr in große Städte gezogen und hatten sich dort ruckzuck in Prinzen und Prinzessinen verwandelt. Jetzt sahen sie voll Hochmut auf die Zurückgebliebenen. Was auch immer sie in den Metropolen darstellen mochten, in Kassel setzten sie Maßstäbe.

Richtig froh war Marion als Fred im Blue Days aufkreuzte. Und er, wie sie, geblendet vom Glanz dieser Verkünder neuer Gewohnheiten, schlug vor, in der Fiedel abzutauchen.

Koller entdeckte sie zuerst. Er schrie: »Da vorne geht deine blöde Schwester.«

Ich sah sie, ein als Hindernis von der gegen sie anrennenden Menge kaum wahrgenommener Körper; in einem Strom, der sich auf den letzten Metern vor der Diskothek zunehmend verjüngte, bis er zwischen geparkten Fahrzeugen und Luft schöpfenden Gästen versickerte: so daß jeder vor seinem Eintritt ins Lokal durch eine Gasse defilierte und sich dabei vorkommen durfte wie erwartet.

Über aller Köpfe hinweg klang nach, was von der herrschenden Stimmung, unbestimmter Verheißung, leicht genug war, in der Atmosphäre aufzusteigen.

Koller gab Gas. Wir hatten Marion und Fred schon hundert Meter hinter uns gelassen, bevor er bremste und dann mit quietschenden Reifen rückwärts fuhr: das von ihm so genannte spanische Manöver.

Ich tat, als freute es mich, Marion zu sehen, aber klar war, daß meine Schwester mir nicht glaubte. Um Fred kümmerte sich keiner. Wie im Krampf stand er am Bordstein.

»Du kommst mit«, brüllte Koller, und ich zog Marion ins Auto. Sie lachte unglücklich, und ich nickte ihr ermutigend zu. Sie wollte Fred noch was sagen, aber Koller befahl: »Mach die Türe zu.« Er regte sich auf, weil soeben Monster an uns vorbeirauschte. Der Verkehr war rege, Koller fuhr mit der Hand auf der Hupe. Kühlerhauben schnitten in Abgasfahnen. Die Leute in den anderen Autos zeigten, was sie von uns hielten, Koller schrie: »Macht euch weg, schert euch von der Piste!«

Irgendwie schaffte er es, Monster einzuholen. Nebeneinander schossen wir über die Wilhelmshöher Allee. Ich sah, daß neben Monster Joy saß, und im Fond saß Angie.

»Wo, zum Teufel, wollen die eigentlich hin?« fragte Marion, doch fand sich niemand bereit, ihr beizubringen, daß wir das genauso wenig wie sie wissen konnten.

Wir gerieten auf die Rasenallee, die Straße war plötzlich frei, und die Fahrer drehten auf. Koller mußte einiges riskieren, da sein Toyota weniger PS hatte als Monsters Golf, aber er machte seine Sache gut und ließ sich nicht abhängen. Meine Schwester versuchte mich in ein Gespräch zu verwickeln, ich konnte mich darauf nicht konzentrieren. Ich bekam nur mit, daß Teichmann sich in Joys Bad aufgehängt hatte. Koller wurde Marions Vortrag zuviel, er riet ihr, die Klappe zu halten. Wir heizten über die Dörfer.

Monster hielt vor einem frei stehenden Haus hinter Zierenberg. Joy kam zuerst aus dem Golf. Sie war mit Teichmann zusammengewesen, sah aber nicht so aus, als wüßte sie, wie eine Witwe fühlt. Angie folgte ihr, umarmte Marion von hinten und versuchte zu küssen. Marion wehrte ab und umarmte Monster. Angie kam zu uns, »alles easy«. Sie trug Cowboystiefel. Angeekelt wandte Koller sich ab.

Ich beobachtete Monster. Er war auch ein willensstarker Mann, Koller hatte mir gesteckt, daß er Kokain vertickte. Wir grüßten mit einer minimalen Neigung der Köpfe.

Im Vorgarten waren Lampions auf Schnüren gereiht. Ein Kiesweg führte zum Haus. Die Tür stand offen, und das Treppenhaus war erleuchtet. Am Eingang erwartete uns einer, der jedem Ankömmling die Hand geben wollte. Koller gab ihm einen Stoß. »Du bist zu heftig unterwegs, Wolf«, sagte er gehässig, »du wirst vor der Zeit ins Grab steigen.«

»Wenn schon.«

»Ist ja gut, Wölfchen«, intervenierte Angie. Er war ihr Bruder.

»Kommt Kinder, sonst holen wir uns hier noch eine Erkältung.« Meine Schwester übernahm die Führung. Die Party lief in einem Saal voller baumhoher Kakteen in Gummitöpfen. Auf dem Parkett lag Konfetti und auf einer davon freien Fläche tanzten Leute. Sie traten sich auf die Füße und rempelten: das war, woran sie Vergnügen fanden. Auf einer Couchgarnitur aus schwarzem Leder saßen dicke Männer und dicke Frauen und betrachteten ungerührt das Spektakel, keiner älter als fünfundzwanzig.

Koller organisierte eine von Kälte beschlagene Flasche Gin, Tonicwater und einen Sektkübel. Er schüttelte den Inhalt der Flaschen bis zur Neige in den Kübel. Ich fand, daß er aussah wie Yves Tanguy 1930.

Marion fing wieder an von Teichmann zu reden. Er hatte Aufzeichnungen hinterlassen, darin kam sie vor. Der Kübel machte die Runde. Koller fragte: »Seid ihr blau, oder muß ich gleich ne neue Flasche besorgen?«

»Ich hab genug«, sagte ich.

Joy warf den Kübel an die Wand. Marion fragte, was es mit den Fetten auf der Couch auf sich hatte.

»Da sitzt ein Club. Die Vereinigung übergewichtiger Laiendarsteller. Noch nie davon gehört?«

Ich sah einen dieser Künstler-Sumotori lächeln, dann lächelte noch einer. Das Lächeln pflanzte sich fort, erschien auf den Gesichtern der Leute, erreichte den letzten. Ich spürte, wie es meine Lippen spannte.

»Man kann ja heute nicht mehr so ohne weiteres sagen, etwas sei absurd. Das verstößt gegen den guten Geschmack«, erklärte Joy. Dabei sah sie mich an. Als wollte sie mir einen Wink geben. Mir ihre Komplizenschaft antragen. Nach der Mode trug sie ein rückenfreies Kleid. Sie strahlte eine bedrückende Mischung aus Anmut und Zuversicht aus. Ihr Haar war so kurz geschnitten, daß man zwei Wirbel am Hinterkopf erkennen konnte, wo es sich aufrichtete.

Sie hüpfte auf mich zu. Es sollte wohl eine Parodie sein. Nur wen oder was wollte sie parodieren? Sie erriet meine Gedanken? Jedenfalls behauptete sie, »darauf kommt es nicht an«.

Koller drehte sich geschickt auf einem Bein im Kreis. Marion und ein Mädchen, das ich nicht kannte, zogen torkelnd durch den Raum, in der Manier besoffener Verbindungsbrüder wüste Lieder absingend. Monster war verschwunden.

Koller sagte, ohne daß erkennbar war, an wen er sich mit seinen Worten wandte: »Du schaust dich um! Überall Menschen, die Gläser zum Mund führen und Zigarettenrauch atmen. Die kühlen Blicke verraten nichts von dem, wozu sie ihre Leidenschaften befähigen. Mit großem Aufwand wird die Wirklichkeit einer wüsten Welt getarnt, und in dir ist das Verlangen durch diese Steppe zum Liebreiz guter Beine vorzudringen.«

Koller straffte sich, erfand einen Krawattenknoten zum Kontrollieren und rezitierte:

»Mein Gemahl, was hilft's
das Leid mit Klagen zu beschwern? Für königlich
halt ich gerade dieses: sich zu stellen
dem Unglück und je ungewisser eine Lage ist,
je mehr die Last der Herrschaft schwankt im Fall,
nur fester sichren Fußes tapfer dazustehen:
es ist nicht männlich, vor dem Schicksal
kehrtzumachen.«

Die Fetten auf der Couch ordneten ihre Kleider und antworteten ihm:

»Der Feigheit Schimpf und Vorwurf trifft mich nicht,
mein Mannesmut weiß nichts von bangen Ängsten …«
Koller erfand noch ein Schwert, küßte die Klinge und fing an zu fechten. Er ließ sich nicht entmutigen. Gegen hundert Gegner seiner Fantasie focht er und blieb siegreich. Er kam ins Schwitzen, taumelte und schmetterte weiter Zitate, zunehmend atemloser.

Einer zog mich ins Gespräch über den Niedergang der Rockmusik. Er studierte Jura in Göttingen, das machte keinen Spaß. Plötzlich kotzte er auf Kakteen.

Ich suchte das Klo. Im Treppenhaus fand ich Monster und Marion. Sie saßen auf dem Boden vor einem Fernseher. Das Badezimmer war unbegehbar. Kotze bedeckte an Stellen knöchelhoch die Fliesen. Ich schiffte aus einem Fenster.

Gegen drei brachen wir auf. Im Gänsemarsch gingen wir durch den Vorgarten. Wolf hing bäuchlings über dem Zaun. Koller schlug vor, in einem Baggerloch zu baden, alle juchzten. Nur Monster hatte keine Lust, er wollte zurück in die Stadt. Er besprach sich mit Marion, und dann hatte sie auch keine Lust mehr. Sie suchte meine Unterstützung. Ich tat, als merkte ich das nicht. Joy klärte die Lage: »Zieh Leine, blöde Kuh.« Die beiden rauschten ab. »Den' weint keiner eine Träne nach«, sagte Angie.

Wir hatten das Auto auf der Straße abgestellt. Ich sehe uns über einen Ackerstreifen dem Wald entgegenstreben; Weiden, die an einen Steg herangewachsen sind. Dächer über Bäumen. Leitungsmasten aus Holz und höhere aus Metall.

Der Wald besteht schon nach wenigen Metern nur aus vereinzelt aufragenden Stämmen zwischen kreuz und quer verlaufenden, teils geschotterten, teils geteerten

Wegen. Ein kurzer, gewaltsamer Regen steigert den Pflanzengeruch bis zur Betäubungsgrenze. Das ist eine Sache von Minuten. Als es sich auch danach nicht abkühlt, steigt in mir eine Selbstverliebtheit auf, die ohne weiteres zu ihrem Recht kommen möchte. Ich höre das gemeine Gelächter meiner Freunde.

Ist der Kamm erreicht, der von Norden in den Kessel führt, hat man für einen Moment die Empfindung, auf eine große Stadt zuzufahren. Ich beschleunige angesichts der Lichtspuren, unter denen Straßen liegen. Das Panorama verflacht, die Tachonadel zittert. Wenn noch vor der Talsohle die A7 sich von drei auf zwei Fahrbahnen verjüngt, ist von Kassel nicht mehr viel zu sehen. Ein BMW zieht links an mir vorüber, als das schon kriminell ist, und weil vor ihm ein Fahrer sich an die ausgeschilderte Geschwindigkeitsbegrenzung hält, muß er scharf bremsen. Ich hänge an seiner Stoßstange, er drückt den Vordermann auf die rechte Spur. Jetzt kann ich die Ausfahrt nur noch schaffen, wenn zwischen dem Genötigten und dem davor fahrenden Lastwagen eine Lücke entsteht. Ich blinke rechts und versuche mein Glück. Hinter mir tobt einer, während ich in die Ausfahrt schlittere.

Ein paar Cafés, vor denen Sekretärinnen stehen. Das Lokal für die Gymnasiasten in Stiefeln. Eine Ampel, die ich noch nicht kenne. Musik, so ist es gut. Vor mir liegt die Wilhelmshöher Allee, die zum Schloßpark führt. Ich passiere den Bahnhof. Das von Scheinwerfern angestrahlte Schloß wächst vor der Windschutzscheibe. Das wuchernde Geschwür der Hoffnungslosigkeit nährt sich von solchen Ansichten. Vor ihnen bedeutet Erfahrung, ohne Erwartungen zu sein und Leute mit Erwartungen zu verachten. Ich ändere die Richtung und tausche die Kassette aus. Am Ende der Teichstraße liegt ein Parkplatz neben einer Schienenschleife: die Hessenschanze. Hier ist Wald, erforscht nur soweit Beleuchtungskörper reichen. Ich halte hinter einem VW-Bus. Carlos lehnt dagegen. Er redet so leise, die Sätze formen sich in ihm nur langsam zu kümmerlichen Girlanden, die abgeschnitten werden von plötzlichem Schrecken. Jetzt faßt er sich an den Kopf, gleich fängt er an zu heulen. Nein, er will nur Coca-Cola, eine Büchse, die er geschickt aus der Ablage fischt. Mit achtzehn fuhr er einen Jaguar, den er mit Freunden gekauft und flottgemacht hatte. Er war dabei, als eine etwas schnellere Art zu leben Kassel erfaßte, Tequila mit Sekt das Getränk der Saison war. Später baute er in Kanada Uran ab. An der Grenze zu den Vereinigten Staaten wurde er mit Kokain gestellt und ausgewiesen. Ein paar Semester Bergbau in Clausthal, schon angegriffen von Schwäche, die zunahm. Verwirrt lief er zu Fuß in Deutschland herum. Therapie, Tabletten. Ich lasse ihn hinter mir. Meine Strecke führt durch Laubwald bergan, kreuzt die Rasenallee. Ein breiter geschotterter Weg wird zum Pfad. Die Stadt liegt vor mir, bis in Höhe des Schlosses vom Nebel versiegelt, eine Ahnung. Große Vögel im Aufwind.

Unter einer Brücke im Unrat trommelt ein Junge auf Blech. Zu Hendrixmusik fährt ein Taxi über die Brücke, vorbei an Niedergestreckten. Das Taxi wird von einem Älteren in Begleitung eines Mädchens in Anspruch genommen. Das Paar knutscht auf der Rückbank. Der Anblick stößt dem Fahrer sauer auf, so daß er zusammengebrochenen Verkehr als Gelegenheit nutzt, um auszusteigen. Er strebt einem U-Bahnschacht zu. Später ist er am Flughafen. Indes findet ein Polizist, der sich mit dem stehengebliebenen Fahrzeug beschäftigt, im Handschuhfach das Foto einer Frau mit Kind, offensichtlich die Frau oder Freundin des desertierten Fahrers und vielleicht sein Kind. Das Flugzeug über New York, in dem er sitzt. – Und am Ende der Geschichte dieser Satz: *Be more than just a number.*

Ich sehe den Spot auf MTV und setze ihn fort mit einer Fantasie zur gleichen Musik. Vorbei am Schlaf von zweihunderttausend. Hier habe ich überall schon gestanden. Das Nachtgeschäft ist wie Milch in einer Lichtschale, eine trübe See mit gefährdeten Inseln, die verschwappen. Wahnsinnig von der Hitze, die Hotels abstrahlen, laufen Kinder auf Skateboards Amok. Über die Verdecke geparkter Limousinen springen sie auf Zierbrunnen, und ich versenke das Seitenfenster in der Tür, damit sie an der Musik aus dem Rekorder erkennen können, wie ich fühle. Leichter läßt Geld sich nicht verdienen: Du wartest im Auto auf die Frau, die im Hotel mit einem Freier zugange ist. Sie kommt beschwingt, vom Türsteher verabschiedet, an den Wagen, ihre Zähne schimmern grün durch die mit toten Fliegen verkleisterte Frontscheibe. Das ist ein Bild, das festzuhalten lohnt. Du hörst, wie der Schlag geöffnet wird, wie das schwere Gesäß die Polster spannt, diesen Seufzer des Materials. Nun kannst du zünden.

Während ich mit Angie telefoniere, kriechen unter dem Fenster Autos aus der Tiefgarage unter Marions Wohnung auf das Asphaltband und arbeiten sich vor zu einer vom Verkehr erschütterten Kreuzung, eine Parade lackierter Käfer. Über ihnen, aber immer noch unter mir, zerfällt die Stadt im Dunst. Menschen treten aus Schluchten vor, um von beleuchteten Portalen geschluckt zu werden. Die Unsinnigkeit jeder Anstrengung von meinem Standpunkt steigert das Verlangen, an allem beteiligt zu sein. Dieses schnelle Hinein und Heraus, an der Ordnung kompliziert geschalteter Ampeln vorbei. Ferner Regen verstärkt einen Anklang von Hinfälligkeit in Angies Stimme.

»Du kommst zurecht?« frage ich.

»Hast du auch so ein Mistwetter?« fragt sie.

»Hier ist es diesig.«

Nach einem tristen Ritual wurde der Sarg versenkt. Leute traten vor und schmissen Blumen ins Loch. Marion und Angie stützten Joy, die mit abgewandtem Kopf heulte. Koller und Monster wickelten ein Geschäft ab. Fred sah ich nicht. Ich fragte Angies Bruder nach ihm, aber er konnte mir nicht helfen. Er war dabei, eine Frau zu trösten, die ich nicht kannte. Sie sagte: »Hüte dich vor mir. Ich bringe Unglück.« Mit Blick in einen Taschenspiegel, den sie irrsinnigerweise in der Hand hielt: »Ich sehe ja auch aus wie eine Hexe.« Allgemein war die Stimmung gut. Auf Teichmanns Beerdigung trafen sich viele Freunde, die einander seit Weihnachten oder Ostern nicht mehr gesehen hatten und sich nun über das Leben in ihren Universitätsstädten austauschten, oder die Orte, wo sie kaserniert waren oder ihren Zivildienst ableisteten. Es schien, als sei der tote Teichmann en vogue, denn neben den Leuten, die mit ihm auf der Schule gewesen waren, hatte sich auch Prominenz eingefunden: die jugendlichen Matadore der Philosophie und Malerei, in ihren weiten Jacken, die Augen mit verspiegelten Sonnenbrillen geschützt. Einer, der Cat Stevens genannt wurde, berichtete mir, daß Kopien von Teichmanns Aufzeichnungen kursierten. Man würde sich gegenseitig daraus vorlesen. Ich folgte Koller zu seinem Auto. Er erzählte vom letzten Auftritt vor der Musterungskommission. Er war hoffnungslos wehrtauglich. Wir redeten über Berlin. Ich wollte mitkommen und BWL studieren.

»Du bist vollkommen verblödet«, sagte Koller. Er wußte aber so gut wie ich, daß die Band ohne Angie keine Zukunft hatte.

Die Leute stiegen aus ihren Cabrios und ließen sich auf Rohrstühle fallen, die vor den Kneipen um weißlakkierte Metalltische gruppiert waren. Aus den Kneipen drang Musik, und staubiger und südlicher konnte es auch in Spanien nicht sein. Ich dachte, diese Stadt sah uns zwischen Sträuchern und Mülltonnen heranwachsen, die Schule schwänzen, vom Fahrrad stürzen, auf Klassenfeten und Schulfesten Blues tanzen, wie man das nannte, betrunken auf den Bordstein kotzen. Sie sah Teichmann verrecken. Ich versuchte mich an ihn zu erinnern. Vor dem Hot Legs entdeckten wir meine Schwester. Sie küßte Koller zuerst. »Kommt Kinder, laßt uns trinken«, rief sie, und wir folgten widerstandslos zur Theke, wo es kühl war. Wir tranken Campari mit Saft. Eine Weile beschäftigte mich die Frage, wie gut Koller meine Schwester kannte. Ich spürte, wie er sich entspannte. Marion wußte, daß unsere Schule besetzt worden war. Carlos erschien, der eigentlich Klaus heißt, ein Surfer. Ich traute ihm zu, zu sagen, erkennt die Zeichen. Lachte er, brach sein Gesicht auseinander, wie eine von Erdstößen zum Einsturz gebrachte Mauer. »Seemann«, schrie Marion und warf sich Carlos an den Hals. Ich verstand ihre Begeisterung nicht. Carlos fing gleich an von Ibiza zu reden. Manchmal sagte Marion, das muß wunderbar sein. Auf der Straße behauptete Koller: »Ein paar amerikanische Gefühle und auf den alten zwanzigjährigen Körpern ein paar Zitate als Klamotten.«

Er war so wütend. Koller steuerte den Toyota mit

zwei Fingern der rechten Hand, und wenn er schalten mußte, hielt er Kurs nur mit dem Druck des linken Zeigefingers auf das Lenkrad. Wir fuhren mit heruntergedrehten Seitenfenstern und offenem Schiebedach. Ich schob eine Jefferson-Starship-Kassette in den Rekorder. Die Stimme der Sängerin löste bei Koller eine Andeutung des alten Programms aus: diese Drehung des Kopfes unter Berücksichtigung mitschwingender Haare; ein leerlaufender Griff an den Nacken. Er war wieder angespannt, ein Zustand, den er als reine Nervenreaktion verstanden wissen wollte. Ich fand das nicht gescheit. Schließlich war ich, wie er, Pilot. Die von mir fantasierten Höhen lagen nicht niedriger als seine.

Die Besetzer hatten Barrikaden aus Schulbänken errichtet. Am Dachgeschoß hing zwischen Fenstern ein Transparent, auf dem *Teichmann lebt* stand. Die Initiatoren waren leicht von denen zu unterscheiden, die diesen Übergriff, wie wir, nur als gesellschaftliches Ereignis ansahen. Vielleicht wegen des besseren Überblicks saßen welche auf einer Mauer und tranken Milch aus Tüten. Alle Eingänge waren verrammelt. Durch ein Fenster im Parterre drangen wir ins Gebäude, vorbei an WG-Dominas, die uns eine Demonstration ihrer Verachtung nicht ersparen konnten. Schließlich hatte man uns schon im Fernsehen gezeigt. Wir waren die Durchstecher, die Kommerzmucketypen … Verräter des Kasseler Underground. Daß wir den auch erfunden hatten, spielte keine Rolle. Ich wußte, daß enttäuschte Liebe sie antrieb. Sie hatten getanzt zu unserer Musik. Als Schulsprecher hatten wir für sie die Raucherecke durchgesetzt und den Kiosk organisiert, wo man Mohrenkopfbrötchen kriegte. Sie konnten lange nicht glauben, daß wir dieselbe Luft atmen mußten wie sie.

Rasch wie Kuriere liefen Leute über die Treppe. Im ersten Stock wurde eine Versammlung abgehalten. Verfinsterte, die sich berieten. In einem ausgeräumten Klassenzimmer lagen Schulhefte auf den Dielen. Am Kartenständer hing ein Regenmantel. Sprühfarbengestank. Auf dem Schulhof standen Leute. An sie erging von dem mit Teerpappe gedeckten Dach eines Unterstandes die Aufforderung, sich zu setzen. Jemand wollte die Ziele der Besetzer referieren. Gelangweilt hörten wir verschiedene Redner und die Unmuts- und Zustimmungsbekundungen der übrigen. An den Hof schloß ein Park an, in dem wie nach einer Explosion die Trümmer eines Kinderspielplatzes und ein paar Leute wie von Sockeln gekippte Statuen herumlagen. Jenseits der Hecke, die das Schulgelände einschloß, war ein Terrassenfest mit Eistee im Gang. Als Koller und ich abzogen, kamen wir schon an quer gestellten Mannschaftswagen vorbei. Einsatzfahrzeuge patrouillierten in Seitenstraßen. Vor uns gingen Partisanen. Schüler vielleicht, Routiniers auf jeden Fall. Ihre Motorradhelmunterziehhauben trugen sie lässig wie Pudelmützen. Die Kapuzen ihrer Pullover lagen wie Beutel auf den Kragen. Ein Mädchen hatte dem Freund einen Arm auf die Schulter gelegt. Ihre schwarze Windjacke war auf Taille geschnitten, die Hose schön am Hintern zerrissen; eine Revolutionsmode zur Erbauung der Kombattanten. Zum Ausgleich hatte sich der Freund ein Palästinensertuch um die Hüfte gewickelt. Sie gaben nicht zu erkennen, daß sie uns kannten, als wir sie überholten.

Wie immer saß Orhan, von Scheinwerfern beleuchtet, auf einem Hocker in dem schmalen Vorraum der Halle, wo getanzt wurde. Er war kein Brecher, der den Gästen die Lust am Randalieren mit Muskeln nimmt. Als käme es ihm darauf an, gewisse Aspekte seiner Persönlichkeit zu verschleiern, blickte er sanftmütig. Das Publikum kannte keine Zurückhaltung. Es schrie und klapperte mit Autoschlüsseln. Es brannte darauf, von diesem Meister erkannt zu werden. Und Orhan war ihm zu Willen. Er segnete die herausgestrichenen Geschlechtsmerkmale.

Alle hofften auf Sonderbehandlung ... Italiener, Türken, Araber. Geputzte Perser. Hinter ihnen lag die Arbeit, der es bedarf, gut auszusehen. Jetzt arbeiteten sie hart daran, sich zu amüsieren. Was zählten Strapazen, wenn man nur am Abend im Blue Days einen Auftritt im Poloshirt haben konnte, das über dem entwickelten Thorax spannte. Orhan, der genauer als alle anderen wußte, wer voran ging und wer hinterher, gab ihnen, was sie brauchten: den Handschlag und die Scheingefechte. »Ich habe mich nie irgendwelchen Illusionen hingegeben«, sagte er, um zu hören: »Du weißt, wie es ist, mit zugerichteter Visage und kaum noch Sehvermögen durchzuhalten.«

Wieviel Gefallen jeder an sich fand. Hier eine halbe Drehung, um aus der Jacke zu kommen. Der Haarfall im Schwung der Drehung. Die Neigung des Kopfes: ein Standfoto, isoliert aus einer Folge schneller Bewegungen. Ich hörte die Sperre ausrasten, der Film lief weiter. Daneben die Beflissenen, Touristen in ihrem Leben, die sich vom Aufwand der anderen zu nähren versuchten.

Wir erzählten Orhan, was wir gegessen hatten und wie wir uns die Zeit vertrieben. »Ihr habts gut«, sagte er und beauftragte den Knirps, der Gläser einsammelte, Getränke zu holen.

Wir beobachteten ein Mädchen, das seinen Anblick in den Spiegeln am Eingang prüfte. Es war allenfalls fünfzehn und trug ein wenig kleidsames, bis zu massiven Schenkeln reichendes Hemd aus glänzendem Stoff und um die Taille einen breiten mit Nieten beschlagenen Gürtel. Einem Mann, der vom Klo kam, wandte es sich mit großer Energie zu. Als die beiden in die Diskothek vordringen wollten, verlangte Orhan den Ausweis des Mädchens. Der Freund fuhr aufwendig herum und sagte dann, als wollte er dem Türken die Wahrnehmung seiner Aufgaben weiter nicht übelnehmen: »Sie gehört zu mir.«

»Jeder gehört zu irgendwem«, entgegnete Orhan und gab eine Probe seines Türstehergelächters, mehr ein Zähnefletschen.

Eine Band spielte. Die Musiker waren knochige Arbeiter an scheppernden Maschinen. Ihre Kostüme glichen Wehrmachtsuniformen, und sie spielten auch ein Lied mit der Refrainzeile: *The british friends of Adolf H.* Der Sänger führte sich brutal auf, wie in einem Kabinett besonderer sexueller Praktiken. Er bedrohte seine Arbeiter mit einer Peitsche. Die Leute hatte er im Griff. Wenn er wollte, daß sie was sangen oder in die Hände klatschten, sagte er das. Dann wurde gesungen oder geklatscht, je nachdem. Bewegung war vorn vor allem, wo solche standen, für die diese Band nicht nur eine unter vielen war, von der man sich unterhalten lassen konnte, sondern eine Lieblingsformation. Was sie als Gemeinde auswies, war übertriebene Gepflegtheit, die von Einzelheiten wie alten Hundehalsbändern aufgehoben wurde; eine zur Schau gestellte Zartheit der Glieder, die mit angedeuteter Gewalttätigkeit zusammenfiel.

Koller ließ fragen, ob Interesse an einem Backstagekontakt bestünde. Kein Interesse, meldete der Geschäftsführer judasmäßig freundlich. Koller hob die Schultern. Bloß um in Schwung zu bleiben, bemühte er sich um eine Frau, die ich nicht kannte. Sie zeigte ihm, wie erstaunt sie sein konnte. Als fehlten ihr Funktionen zum Einspeisen seiner Daten in ihrer Kopfmaschine.

Koller redete unbeeindruckt weiter, und ich sah, wie sie endlich empfänglich wurde für das Anliegen meines Freundes. Sie trug ein Amulett unter einem Trägerhemd, das mich auf das alte Wort Leibchen brachte.

Immer noch drängten massenhaft Leute ins Lokal. Heiter und eilig kamen sie an mir vorbei, und plötzlich schienen die Losungen dieser Nacht für mich nicht mehr zu gelten.

Im Highnoon trafen sich die Assistenten. Der Frau, die uns Bier reichte, spendierte Koller Likör, weigerte sich aber, mit ihr anzustoßen. Offenbar erfahren in Demütigungen, trank sie folgsam allein und sagte dann »danke«. Ihre Frisur legte sie auf eine bestimmte Kopfhaltung fest. Ihr Rock hatte das Format eines Hüftschurzes und keine andere Funktion, als auf die Beine hinzuweisen. Dazu trug sie eine steife Bluse, mit Stehkragen. Ich fragte nach dem Namen der Mode. Sie sagte: »Man nennt das konservativ bis zum Bauchnabel.« Von Teichmann behauptete Koller: »Er war ein ehrgeiziges Kind, ein guter Schüler und Mamas Liebling. Gekränkt hat ihn, als ein Kerl von gerade zwanzig Jahren, oder wieviel, einfach abgeschrieben zu werden. Wie Thomas Hudson wußte er alles vom Alleinsein. Einmal sagte er: ›Soll ich mit erhobenem Stock, die Taschen voller Steine, einen Privatkrieg gegen die Hunde führen?‹ Du weißt, wer das tat?«

Leute strichen grüßend vorbei. Wie ein Schwarm Raubfische, dachte ich. Die Diskotheken sind ihr Revier. Mich beschäftigte mein Körper, dem zugemutet wurde, ohne Pause Gift aufzunehmen, und die Fülle an Möglichkeiten außerhalb dieser Sphäre. Ungenutzt.

Der Club lag im siebten Stock eines Bürohauses, von unseren Plätzen konnten wir eine Kreuzung überblicken. Wir sahen Limousinen heranrollen, halten, vorschießen. Nichts Natürliches konnte so schön sein wie ein aufleuchtendes Bremslicht.

Koller bohrte in der Nase und sortierte den Rotz auf einem Bierfilz. Mir fiel ein, wie ihn eine Lehrerin dem Gelächter der Klasse preisgegeben hatte, weil er die Berufsbezeichnung Polier französisch aussprach. – Wie er auf Klassenfahrt in Frankreich einen Bäcker in Wehrmachtsstiefeln gestürmt hatte: *Spricht hier denn keiner deutsch.*

Er sagte: »Wir führen ein Leben ohne Glanz. Um unsere Lippen spielt dieses Lächeln nicht, das ich auf den Gesichtern der Erfolgreichen sehe.«

Was für eine lausige Nacht. Ich war von einer Mattigkeit befallen, die alle Kraft einer tödlichen Krankheit in sich barg. Ich schob meine Schwäche auf die allgemeine Krise der Körper um diese Uhrzeit. Man hört auf betrunken zu sein und fängt an zu verkatern. Koller schwadronierte. »Auf der Flucht vor einem schlagwütigen Vater hatte ihn seine Mutter auf ihren Armen, auf ihren Schultern durch Deutschland geschleppt. So wuchs er heran.«

Jemand meinte, hier sei keine Bahnhofswartehalle. Ich begriff nicht gleich, daß auf die dort schlafenden Penner angespielt wurde. Wir sanken in den hellen Morgen. Er war schon voll norddeutscher Kühle, mit einer Andeutung von Regen in der Luft.

Am Nachmittag holte mich meine Schwester in Monsters Golf ab. Sie wollte aufs Land ziehen und hatte sich deshalb mit Bauern verabredet, die bei Hann. Münden, schon in Niedersachsen, einen Hof bewirtschafteten. Mich wollte sie dabei haben.

»Monster muß dich sehr gern haben«, sagte ich.

Marion fing gleich von Teichmann an. Sie erzählte von

seinen Aufzeichnungen, aber das machte mich nicht neugierig. Sie hatte den lebenden Teichmann kaum interessanter gefunden als ich, und daß ihr nun der Tote bedeutsam erschien, kam mir vor wie eine Caprice.

Von einem Haus mit rüder Nachkriegsfassade (am Ende einer asphaltierten Auffahrt) behauptete Marion: »Hier könnte es gehen.«

Die Bäuerin fragte: »Sie sind und sie wollen wirklich?«

»Ja, wirklich.«

Sie führte uns auf die Terrasse.

»Wollen Sie Kaffee?«

Ich lehnte gegen die unverputzte Brüstung. Mit einer Handbewegung lehnte ich ab, mich zu setzen. Starfighter am Himmel, Mirabellen in den Bäumen, der Frau machte unser Besuch Spaß. Sie hatte sonst wohl wenig Gesellschaft. Ohne Ende kamen ihr, leise, dünne Geschichten über die Lippen, Ausschweifungen der Anteilnahme im Dialekt der Gegend – der einem Nordhessen bereits holsteinisch vorkommt.

Es verbitterte mich, mir das anhören zu müssen, und Verbitterung bemerkte ich auch bei den Männern, die, gestützt auf Rechen, vor der Terrasse Aufstellung genommen hatten; ein Alter, krumm wie gegen den Wind gewachsen, mit einer von Arbeit und Entschlossenheit versteinerten Kinnpartie, und ein Halbwüchsiger, dem Alten ähnlich, nur dunkler; abwesend.

»Das ist mein Mann«, sagte die Frau. Den Jungen stellte sie nicht vor. Er mußte ein Enkel sein. Über Feldern stiegen Bussarde auf. Der Himmel sah aus wie von Altdorfer gemalt.

Hohlwege. Landwirtschaftliches Gerümpel. Der Alte sagte: »Hier wird nicht vermietet.«

Mir schien, als betrachtete er das Arbeitsgerät in seinen Händen als den eigentlichen Adressaten seiner Worte. Er griff nach dem Jungen. Dieser Überdruß in ihren Blicken, als würde ihnen vom Anblick der Äcker und Rudimente der Natur übel. Sie waren in allem so gleich. Als hätte man nur an den Fäden des einen ziehen müssen, um auch den anderen zu bewegen. Sacht.

Marion wollte nicht wissen, wieso sie unter solchen Vorausetzungen bestellt worden war. Sie redete über die schlechte Luft in Städten, das war Konversation.

Die Frau sagte nichts mehr. Der Alte sonderte gestanzten Starrsinn ab.

Auf der Rückfahrt empörte sich Marion. Sie war so unflätig wie sie nur konnte. Ich sah aus dem Fenster und dachte über mein Leben nach, ein Hemd, das ich kaufen wollte; ob diese Landschaft für mich eine Bedeutung hatte.

Ein von Marion kolportierter Satz aus Teichmanns Aufzeichnungen lautete: ›Man kann mir nichts bieten, was mich für die Leistung entfremdeter Arbeit und die zum Erfolg erforderliche Selbstaufgabe entschädigen könnte.‹ Das galt für mich nicht.

Ein sich räuspernder, Luft schluckender Vater möchte selbst das Kind sein, das ihn bedrängt. Während die Mutter, ein paar Tische weiter, sich mit Freundinnen bespricht. Manchmal schaut sie voll Nachsicht und Wohlwollen nach ihrer Familie. Das Kind ist süß und nett, überhaupt nicht verzogen, kein wandelnder Spiegel überforderter Eltern. Es spricht in ganzen Sätzen, und daraus spricht die lebhafteste Neugier und Freude. Man hat den Tag wohl im Park zugebracht, alle sind auf ihre Kosten gekommen. Nun also Bier und Limonade vor einem Café auf der Gasse. Den Vater kennt hier jeder.

Vom Wetter euphorisierte Spaziergänger und Radfahrer halten, um mit ihm zu reden. Keiner, der nicht auch dem Kind Beachtung schenken würde, nach der Mutter fragt. »Die sitzt dort«, sagt er. Gleich heben sich Arme, und über Tische hinweg wird Sympathie ausgedrückt. Aber trotz dieser Glückwünsche und Selbstbeglückwünschungen zu einem gelungenen Tag ist beim Vater Unruhe und Hader mit den Zuständen unübersehbar. Er sitzt fest, und das Kind zerrt an ihm.

Eine blasse Frau. Ihre fahrige Gestik überzeugt nicht. Ich bin sicher, daß sie die Welt mit Niveacreme betrügt. Zufällig mir, der ich müßiggehe, führt sie eine Zerstörung vor, die ich ihr nicht abnehme, von der ich glaube, daß sie sich die ins Gesicht geschminkt hat. Einer Umhängetasche entnimmt sie Tabak und ein in Leder gefaßtes Feuerzeug, als käme sie damit kaum zu Rande.

Ich zweifle daran nicht, daß sie den Einpersonenhaushalt, der ihr Leben ist, mühelos im Griff hat; daß ich von ihrer Tüchtigkeit profitieren könnte.

Während ich mich an ihren Namen zu erinnern versuche, nennt sie meinen. Ich gehe auf sie zu, sie sagt: »Wir haben uns lange nicht gesehen.«

Ich frage sie nach Gaststätten, die ich kenne, so als hätte ich von ihnen nur gehört.

Zwei höhere türkische Töchter am Nebentisch. Wahrscheinlich verbringen sie hier gestohlene Zeit und müßten eigentlich in einem Kurs sein. Sie tragen flauschige Pullover in gedeckten Farben. Ihre ärmeren Freundinnen werden billigere Varianten in Pink und Lindgrün besitzen. Ihre Ausstattung ist sehenswert. Die Schulmappen passen Ton in Ton, aber auch vom Material und der Verarbeitung her ebenso zu den sorgfältig über Stühlen gebreiteten halblangen Lederjacken wie zu den Robustheit vortäuschenden Schuhen. Diese Mädchen würden eher sterben, als sich die Blöße einer unschönen Haltung zu geben. Ihre Disziplin ist kaum zu glauben. Wie unter Videoüberwachung schnattern sie konzentriert und genüßlich miteinander, bis ich mich einschalte, weil ich einen Stift möchte. Sie öffnen beide identische und wiederum zu allem anderen passende, nun vermute ich, wie im Set mit erstandene Etuis und bieten mir die gleichen Kugelschreiber an. Ich wende mich ab und höre, daß sie jetzt deutsch reden, bis sie die Störung vergessen haben und in ihre Muttersprache zurückfallen. Sie rüsten zum Aufbruch und müssen schließlich an mir vorbei. Ich rücke mit dem Stuhl vor, und hinter meinem Rücken fällt ein doppeltes, fast gleichzeitiges »danke«.

Der Augenblick veredelt Vorstadtblüten. Im Licht allgemeiner Aufmerksamkeit entwickeln sie Grazie und Witz: ein Vermögen, von dem sie vorhin noch keine Ahnung hatten. Unter dem Namen Orgasmus serviert Marions Barkeeperin einen Drink, dessen Mischung Geschäftsgeheimnis ist. Ich sage also: »Mausi, machst du mir einen Orgasmus?« Woraufhin ich zu hören kriege: »Setz dich, ich komm gleich.«

Köstlich fand Marion den Geruch von Farben und den Mief ungelüfteter Buden voll verstaubter Schwarten. Beeindruckt war sie, wenn einer im Stil van Goghs ein Messer ans Ohr hielt, und stammte jemand, der vorgab zu schreiben, aus Irland, schien ihr bereits wahrscheinlich, daß er Joyce noch übertreffen würde. Marion zeigte mir Teichmanns Aufzeichnungen. Seine Handschrift spiegelte den wüsten Zustand, in dem er sich zum Zeitpunkt der Niederschrift befunden haben mußte. Ich las: ›Später schlief ich nur noch, wenn ich schon krank war vor Erschöpfung. Ich konnte nicht mehr arbeiten und verlor mein Obdach. Ich ging durch Straßen wie durch

Ruinen. Die Nächte verbrachte ich in Hauseingängen. Ich schlief auf Kartons und Fußmatten.‹ In den Sinn kamen mir von Stollen zerfetzter Rasen, letzte Straßenbahnen, in denen wir erschöpft gesessen hatten.

Marion hat mit vierundzwanzig ihr erstes Lokal aufgemacht, in der Zwischenzeit beschaulich und selbständig Kapital vermehrt. Sie trägt viel Geld in Boutiquen. In ihrer Bar versuchen die Leuten auszusehen wie die Hocker vor der Theke und am Fenster. Das sind Eisenkonstruktionen, die entfernt an moderne Plastiken erinnern, zumindest Kunstnähe behaupten. Was daran Schwung ist, was nur Kalkül, muß dem zufälligen Besucher verborgen bleiben, es kommt aber darauf auch nicht an. Fest steht, hinter den Möbeln steckt der Wunsch, sich von keiner Entwicklung abhängen zu lassen, vielleicht sogar selbst mit einem Maßstab zu reüssieren. Und der wird belohnt von einem Publikum, das diese Vorgabe als Verpflichtung auffaßt. Frauen in Entenarschjeans und kurzen Jacken, etwas spanisch, aus dunkelrotem Samt oder in Curry, schwarz eingefaßt, und mit auftoupiertem Haar im Stil der vierziger Jahre, bekommt man hier zwar wie überall zu sehen, aber in Marions Laden passen sie, ohne daß Einschränkungen gemacht werden müßten. Was ein Lokal gegenwärtig zum letzten Schrei macht, ist die provozierte Verwandtschaft mit Friseurgeschäften. Man nimmt seinen Kaffee so, wie man sich die Haare schneiden läßt. Das ist perfekt, alles andere nicht genauso gut. Wer das begriffen hat, kann in diesem Lokal nichts verkehrt machen.

Eine Zuflucht stiller Säufer, Eigentum eines schäbigen Wirts, der seiner Bedienung nachstellt. Deren bis zum Hintern reichende Mähne naturroter Haare läßt eigentlich gar keine Berufstätigkeit mehr zu. Nur noch Pflege und Bewunderung. Die Kötze ihres Arbeitgebers soll sie apart finden, mit der er sie schließlich gegen die Theke drückt. Verdämmerte prosten sich zu. Pathologische Fresser, die morgens um neun Haxen verzehren, schlagen einander im Vorübergehen behutsam aufs Kreuz. Der Wirt ist mit der Bedienung zugange.

»Soll er doch«, sagt einer. Unter den mühsamen Schritten der Säufer steigt Staub auf. Es herrscht Ruhe. Wer sein Glas hart auf die Theke stellt, entschuldigt sich mit Zeichen. Mit dem Hocker ziehe ich ans Fenster, lese in ausliegenden Magazinen und Prospekten und versinke rasch in dem Zustand, wo Erinnerungsbleie die Gegenwart beschweren und beinahe unter die Wahrnehmungsschwelle drücken.

Sechsundsiebzig trampte ich nach Frankreich und Spanien. Am Strand von Sété spielte John McLaughlin Doppelhalsgitarre. Freaks mit Geschwüren lagen wie tote Eidechsen auf den Felsen. Sie waren so matt, daß ein einzelner, nur mit einem Nunchako bewaffneter Räuber es fertigbrachte, den ganzen Strand abzuräumen. Fast alle in den Buchten campierenden Tramper verloren ihre Papiere und mußten ihre Rucksäcke in Brackwasserrinnen suchen.

In Cataques übernachtete ich auf dem Anwesen von Dali. Es gab viele englische Drop Outs in Spanien, so spleenig wie man sich das vorstellt. Manche hatten Geld genug, um in Hotels zu übernachten. Die meisten schliefen am Strand. Tagsüber dösten sie unter Arkaden. Einige behaupteten, Aristokraten zu sein.

Auf dem Heimweg stieg ich hinter Straßburg zu einem ins Auto, dessen Ziel wenige Kilometer entfernt lag. Er ließ mich an einer Bundesstraße zurück, auf der kaum ein PKW weiter als zum nächsten Ort fuhr. Ich marschierte über einen neben der Straße aufgeworfenen Damm, bis ich begriff, daß so nichts zu gewinnen war. Ein Radfahrer bot fünfzig Mark für eine Sache, von der ich keine konkrete Vorstellung hatte. Erst nach Stunden kam ich zu einem Lift. Der Fahrer wollte nach Mannheim. Seine rabiaten Ansichten standen im Gegensatz zur Gediegenheit seiner Kleidung. Das war eine Variante, die ich noch nicht kannte.

Der Himmel prallte auf die Fahrbahn. Im Autobahngewirr am Frankfurter Kreuz entschied sich mein nächster Chauffeur zu einem Abstecher. Ich sollte ihn begleiten, weil ein Fußgänger auf dem Kreuz leicht in schwierige Lagen geraten kann. Ich wollte aber gleich weiter und stieg auf dem Seitenstreifen aus. Auf der Suche nach einer passenden Auffahrt schlug ich mich durch das von Hindernissen zerschnittene Gestrüpp zwischen den Straßen. Ich landete dann doch in Frankfurt. Morgens um vier sah ich auf der Kaiserstraße Männer in den Rinnstein pissen. Ausgespuckte der Kontakthöfe, ein in Auflösung begriffener Haufen. Ich lief mit. Vor mir versuchte ein Mann Anfang Vierzig, mit offenem Hemd, die Krawatte lose am Hals, taumelnd seine Freunde einzuholen, die nach ihm riefen, ohne sich ihm zuzuwenden. Er kippte um. Unter den Augen von Süchtigen, die vor einer Spielhalle zitterten, wollte er wieder auf die Beine kommen. Noch am Boden winkte er einem Taxi. Die Fahrerin machte keine Anstalten auszusteigen. Der Stürzer kroch zu einem Laternenpfahl, streckte sich, schwankte am Mast.

Ich begab mich in eine Gaststätte. Der Kellner sprach mich an wie einen Hurengänger, mit Kupplermiene. Ich versuchte zu verstehen, was am Nebentisch besprochen wurde.

An der Seite eines Mannes, der hier dazugehörte, kam

eine ins Leben zurückgestoßene Leiche ins Lokal. Der Lude zeigte, wo sie sitzen sollte. Er führte kurze Gespräche an verschiedenen Tischen. Ich fühlte mich gemustert und trug Härte auf.

Auf halbem Weg zum Klo stieß ein Betrunkener mit dem Luden zusammen. Der verwarnte ihn. Der Betrunkene reagierte fahrig. Das reichte, um geschlagen zu werden. Das Opfer redete. Ich wollte meinen Ekel wie einen Batzen Rotz ausspucken. Ich stand auf, um besser sehen zu können. Sofort trat einer vor und deckte den Rücken des Schlägers. Am Ende schleiften Kellner den Niedergemachten vor die Tür. Ich zahlte und ging.

Von einem Pakistani in grünem Plastik, der wie hypnotisiert durch das gleißende Licht der B-Ebene unter dem Hauptbahnhof wandelte, kaufte ich ein Messer.

Die Zeichen verstand ich ohne weiteres. Sie kamen von einer Frau, der geholfen werden sollte. Das signalisierte sie in einem Tanz, zu einer Ghettomusik, die nur sie hörte. Langhaarige Araber und schwarze GIs sahen ihr dabei zu, als hätten sie dafür bezahlt. Ich hörte das weiche, gedehnte Amerikanisch der Soldaten, men from Georgia, darunter eine sehr hohe Stimme, hervorgebracht in einem mächtigen, manisch groovenden Leib. Die nervösen Verhöhnungen auf arabisch.

Die Frau verständigt sich mit ihrem Spiegelbild in der Glasfront eines Schnellrestaurants. Eine Allergie hatte ihre Haut bis zum Haaransatz entzündet.

Ich sah sie wieder, zwei Stunden später in einem Frühstückscafé. Ich war müde, der Kaffee schmeckte nicht. Sie sagte: »Dich habe ich gesehen.«

Etwas von dem Zeug in ihrem Glas schüttete sie auf meine Hose, als sie sich setzte. »Das darf ich doch?«

Klar, daß sie durfte, was sie wollte.

An meinem Arm zog sie mich über die Zeil. An uns vorbei wehten Mäntel und Parfümwolken. Das Stadtreinigungsamt hatte seine Männer ausgeschickt, an den U-Bahnschächten standen Orientalen. Fliegende Händler und Pflastermaler traten auf, und die letzten Obdachlosen räumten ihre Schlafplätze in den Luftschleusen der großen Kaufhäuser.

Wir überquerten den Römer, wo ein Film gedreht wurde. Meine neue Freundin durchbrach die Absperrung, und da sie mich immer noch am Arm hielt, gerieten wir zusammen in die Aufnahme. Es kam zu einem Tumult.

Reisende Hippies lasen mich auf. Zu ihrem Glück hatte bloß ich noch gefehlt. Ich berichtete von meiner Tour, sie erzählten von größeren Abenteuern. Sie waren auf dem Weg zu Freunden, die hinter Alsfeld einen Bauernhof bewirtschafteten, und schlugen mir vor, bei ihnen zu bleiben. Weil ich dazu keine Lust hatte, ließen sie mich auf dem oberhessischen Rasthof Pfefferhöhe aussteigen.

Teichmann lehnte mit dem Rücken gegen eine Leitplanke. Damals war er noch in der Band. Er war ein paar Jahre älter als die anderen. Einer, den man aus der Ferne bewundert hatte und dessen Nähe man nun kaum noch ertrug. Ich fragte, wie lang er schon wartete. Er erklärte, daß er nie warten müsse, allenfalls würde er zwischen einem Lift und dem nächsten eine Pause einlegen. Seine Stimme klang nach chronischer Erkältung. Von der Stirn abwärts zum Kinn verlief, wie ein Spaltriß in der Fruchtschale, eine gezackte, entzündungsrote Linie. In Portugal hatte ihm jemand eine Klinge durchs Gesicht gezogen. Die Narbe gab ihm eine räudiges Aussehen.

Ein Lieferwagen hielt. Der Fahrer mußte nach Hannover, war müde. In seiner kahlen Feistigkeit erinnerte er an das Michelinmännchen. Ich gab mein Bestes, ihn bei Laune zu halten. Er schien davon überzeugt, uns gegenüber ein Herrschaftsrecht erworben zu haben, das wir ihm unbedingt bestätigen sollten. Wir waren in Reichweite seiner Pranken geraten und mußten nun wie Tölen fiepen, damit er sagen konnte, ich will euch doch gar nichts tun. Streng wie bei einer Vernehmung wurden wir zu unseren Verhältnissen befragt. Ich sah starr durch die Windschutzscheibe auf eine regellose Abfolge gleichförmiger Lichtfiguren, Ausschnitte vom Asphalt und schwarzer Wälder.

Nachts war die Stadt schön.

Ich ging auf Straßenbahnschienen. Leute fragten nach dem Weg zum Bahnhof, und ich deutete die Richtung an.

Auf fuldanahen Feldern traf ich Teichmann, der ein Fahrrad ohne Sattel schob. Das Geräusch leichter, im Matsch rotierender Räder. Er verbreitete schon den Schrecken vollkommener Einsamkeit. Er hielt mich an und trug ein Gedicht von Paul Eluard vor, in dem es um Katzen, heiße Dächer und den Mond ging.

Wir kamen an großen Baufahrzeugen vorbei, die zu jener Stunde aussahen wie längst ausgestorbene Riesenechsen.

Wo Teichmann, vermutlich kurzfristig, wohnte, standen nur vereinzelt Häuser, die ein Waldstück ausfransten. Die Mülltonnen vor seinem Haus standen in einem Halbrund aus Birken. Auf Wiesen schäumte Weißdorn.

Teichmann schloß hinter uns die Tür. Am Fenster stand ein Stuhl neben einer Tomatenmarkbüchse voller Kippen. Ich stellte mir vor, wie er rauchend am Fenster saß und durch die schmutzige Scheibe auf eine nur wenig belebte Straße sah.

Er kochte Wasser mit einem Tauchsieder. Einem Tawlakasten entnahm er einen Stoffbeutel, in dem Kaffee war. Als er mir eine Tasse reichte, war das, als empfinge ich sie nach einem Ritt durch die Wüste, als seien wir letzte Überlebende einer Verschwörergruppe.

Teichmann setzte sich auf eine Matratze und zog vorsichtig Stiefel und Strümpfe aus. Seine Füße waren in verheerendem Zustand. Als wären alle Bewegungen einer allgemeinen Starre gewichen, lagerten wir im Raum. Teichmann sagte: »Ich weiß nicht, was mit mir los ist. Ich schwitze zu stark.«

Was sollte ich entgegnen? Die Zeit verstrich, der Raum weitete sich und nahm die Gestalt einer Halle an, in der wir uns verloren. Ich saß mit unterschlagenen Beinen auf einem Seidenkissen. Durch offene, hohe, bogenförmige Tore wehte Wind Sand in die Halle und zerrte an Lederzeug, das an Haken von der Decke hing.

Teichmann hielt ein Tespish. Die einzelnen Perlen leuchteten wie Rubine, nein, das waren Rubine, und sie glitten mit einer Geschwindigkeit durch seine Finger, die sie in einen feuerroten Reif verwandelte.

Als ich aufwachte, lag er zusammengerollt auf seiner Matratze. Unsere Ausdünstungen verschlugen mir den Atem. Mit steifen Gliedern trat ich ans Fenster. Immer noch beunruhigt von meinem Traum, wünschte ich allein zu sein. Vor dem gegenüberliegenden Haus stand eine Frau. Mit einer Hand versuchte sie das Haar zu halten, das ihr ins Gesicht wehte, und mit der anderen den Rock, der von Sturm gebeutelt, ihre Beine freizugeben drohte. Sie rief jemanden, der Wind riß die Worte von ihren Lippen. Achselzuckend verschwand sie im Haus.

Auf dem Friedrichsplatz wirbt ein Zirkus um Zuwendungen. Man hat ein paar Artisten aufgestellt, die mir nicht weniger armselig vorkommen als die struppigen Lamas, mit denen Mitleid geschunden werden soll. Bei diesem letzten Aufgebot entdecke ich Joy, halb verborgen hinter einem Dromedar, das in Reserve gehalten und endlich den anscheinend nicht genügend zugkräftigen Lamas als Verstärkung zur Seite gestellt wird. Ein Trupp eiliger Fischbrötchenesser zieht vorüber, gefolgt von Trägern geschwollener Kaufhalletüten, eine traurige Karawane, die an sich selbst zu schwer trägt, um mit den Fremden fühlen zu können. »Du brauchst mich nicht zu grüßen«, sagt Joy, herrschaftlich in einem rosa Chintzkleid, ein Sechzigerjahremodell, das ihr Publikum begeistert, wie die falschen Wimpern und der Haarturm. Ich ziehe sie in ein Stehcafé. Daß ich rauche, kommt einem Rentner gelegen, dem ich hier schon früher unangenehm aufgefallen bin. Er weist mich zurecht, sofort verstärkt vom Personal. Ich biete den Frauen hundert Mark für einen Aschenbecher. Joy zieht mich auf die Straße. »Ich bin eigentlich gar nicht hier«, sage ich. Ein Kind verhindert, daß sie mich umarmen kann.

Zwischen Tee und Kaffee habe ich die Wahl. Mein Wunsch nach Bier erscheint wie eine Übertreibung, die zu mir paßt. Nachsichtig und ratlos weist die Gastgeberin auf eigenhändig gefertigte Skulpturen. In ihrem Wohnzimmer sitzen wir auf dem Teppich, das Kind bäuchlings auf meinen Knien. Joy ist Stolz anzumerken, daß vom Vater nicht unbedingt die Rede sein muß. Mit mir verständigt sie sich über das Kind, als wollte sie ihm mitteilen, wie sie es sich für später einmal wünscht. Vorsichtig raucht sie eine Players Navycut und schaut dem Rauch nach.

Wie man an Stränden liegt, lebt sie. Joy weiß nicht mehr von Büros, als in den Zeitungen steht. Von Fabriken hat sie gehört. Immer ist sie wie an heißen Julitagen unterwegs, mit Handtasche. Ich sehe sie vor Obstkarren, an Kiosken, zwei Stühle braucht sie in jedem Café. Auf dem Fahrrad ist sie eine umsichtige Verkehrsteilnehmerin. Ihr sind die ausgefallenen Annoncen in den Magazinen zuzutrauen. Aber kein Adressat. Niemand, den sie meinen könnte. Niemand, von dem sie nicht sofort enttäuscht sein müßte.

Wenn Monster ordentlich rasiert und voll geschmückt ist, sieht er aus wie ein Skin. Er hat schon für Hochglanzmagazine gearbeitet, motiviert, beschleunigt, mobil bis zum Anschlag, und das sind viele, die in Stunden ihr Hemd durchschwitzen. Gefährdeter als das Herz ist der Magen. In Hamburg fotografierte er ohne Rücksicht auf die Kombattanten in besetzten Häusern. Er flog auf, sechs Krieger drückten Monster ins Klo. Mit einem kurzen Eisenstück gewann er die Freiheit zurück. Nach seiner Auffassung liegt die Bedeutung jeder Bewegung in den Bildern, die sie abwirft. Wir denken in denselben Spiralen, ein helles Rot.

Ich sehe ihn in der Küche seiner Eltern, in Schiesserunterhosen von 1970. Das Haarkanu auf seiner Brust. Die großen Zehen zeigen aufeinander. Haut, auf die eine erfundene Anstrengung Schweiß treibt. Aus einiger Entfernung weht der Geruch von Scheiße ins Bild. Hier bin ich zu Hause.

Monster ist der Vater. Weil ich darüber nicht hinwegkomme, gerät unser Gespräch rasch an sein Ende. Joy sucht einen Ausweg. Im ChaCha sitzen die Kunststudenten, auch der Barkeeper studiert Kunst. Über die Köpfe der Thekensteher hinweg hebt Monster zwei Eimer Bier; das Weinglas für Joy, die im blaßblauen Kostüm wie verschleppt und unter die Räuber gefallen auf ihrem Stuhl aushält. Die anderen Frauen sind Aschenputtel und müssen sich vor ihr schämen. Ich bin entzückt, aber Monster gibt keine Ruhe. Heute nacht soll die Wahrheit auf den Tisch. Er lebt hier aus Gleichgültigkeit, spielend könnte er in jeder Großstadt hochdotierte Jobs bekommen. Warum nicht? Leute seines Schlages sind in der ganzen Welt unterwegs, um Leichen und Geschwürbefallene zu fotografieren, die Kinder im Käfig, an den Genitalien Gefolterte. Monster pudert sich aber lieber die Nase in seiner leergeräumten Wohnung, zweihundert Quadratmeter Altbau in guter Lage. Das immerhin kann sich einer leisten, der in Kassel die Angebote der Gebrauchtwagenhändler auf schmeichelhaften Bildern festhält.

Alles entscheidet sich am Lautstärkeregler. An der Slideguitar Louisana Red. Der Mann hat in den Stahlwerken von Philadelphia gearbeitet. Licht an und Feierabend.

Das Dixy. Wir stehen vor den Automaten. Deutlich sehe ich die Mühe der Leute, für ZZTop ein ideales Publikum abzugeben. Sie kommen in die Kneipe, froh, daß sie jemanden anlächeln dürfen. Solange sie nüchtern sind. Später folgen die Rempeleien, die Zoten: diese ganze Dürftigkeit. Monster schwadroniert. Er trägt Springerstiefel, Hosen seines Großvaters, eine Vorkriegslederjacke. Wie dieser Mann zu sein erscheint mir mit einem Mal vorteilhaft: so ohne Zweifel überzeugt von der Schönheit eines feisten Körpers. Alle Frauen sind in mich verliebt, nur wissen die meisten es nicht. Joy weiß es. Ihre Freiwilligkeit, dieser Eifer ist keine Fata Morgana. Ihre breit gesessenen Schenkel … der über Monster leuchtende Rumpf wird vor seinen Bemühungen zu einem empfindungslosen Torso.

Vom Dixy durch die Rathausgarage ins Tutu. Eine Rotblonde bringt den Ananassaft. Diese Frau ist stattlich, strahlend vielleicht bei entsprechender Beleuchtung. Ich bestelle Birnensaft. Eine Weile interessiert mich das Gespräch am Nebentisch. Pfirsichsaft. »Machst du ne Kur?« Ich täusche Ortsunkenntnis vor. Sie gibt sich beschäftigter und in ihrer Arbeit angespannter, als die Verhältnisse das glaubhaft erscheinen lassen.

Die Leute belagern ein Gelände an der B 83. Wir verlaufen uns zwischen ihnen, hören einem gestörten Schlagersängerimitator zu, belauschen in einem Biergarten Männer, denen jahrzehntelanger Besitz von Führerschein und Fahrzeugen noch immer nicht die Lust am Geschwätz über die Absurditäten der Straßenverkehrsordnung geraubt hat. Das fette Schnitzel für Achtmarkfünfzig. Carola, Caro heiße ich, und du sagst nichts anderes ... ihr rundes Gesicht, die bunten Augen von den vollen Wangen etwas gedrückt, möchte sich königlich amüsieren. Gleich kippt sie vom Stuhl vor Lachen. Mit uns kann kein Paar konkurrieren. Vor Caro entfalte ich mein Talent zum Geck, der Anzug ist aus zitronengelbem Leinen. In Kassel trägt kein Mensch so was. Hier das Bootshaus meiner Schule, dort das Vereinsheim vom FC Hessen Kassel, früher KSV. Kaffee im Lollipop. Ich kenne die Frau hinter der Theke und drei Gäste, die wie Schüler vor der Lehrerin auf ihren Hockern sitzen. Übriggeblieben und alt geworden wie Joe Cocker. Der kahle Nachwuchs mit kaum unterdrückter Geringschätzung in den unbekümmerten Blicken. Auf einem Sonybildschirm erscheint der Schriftzug *it's a sony*. In der nächsten Einstellung läuft Bruce Willis. Ohne weiteres verhilft er zu der Überzeugung, es sei das beste, auszusehen wie Bruce Willis in *Stirb langsam*, Teil eins. Ich ziehe

Caro auf die Friedrich-Ebert-Straße, wo ich schon viele Straßenbahnen vorbeifahren ließ: in der Hoffnung auf etwas, das besser sein sollte als ein häuslicher Nachmittag. Wir schwitzen, zwei in ihrem Glück Abgesonderte, gleich fängt es an zu regnen.

Ihre Wohnung ist ein Turm im Licht. Ich finde keine Anzeichen von Verschrobenheit. In irgendeinem Studium ist sie steckengeblieben, daher die Bücher. Ordentlicher CD-Spieler, ein alter großer Fernseher. Auf ihrem Bett können drei bequem liegen. Die Wanne in ihrem Bad ist eine seichte Bucht, nicht mehr als eine gekachelte Vertiefung des Fußbodens. Caro ist nicht fürsorglich, aber man kann ihr imponieren. Mit zu vielen Schwätzern hat sie das Bett schon geteilt und ist nun der Verkünder erhebender Ideen, die ihr Bier nicht bezahlen können, ebenso überdrüssig wie der Sozialarbeiter, die meine Generation hervorgebracht hat. Mich hält sie für gerissen, sie bringt es fertig, das Wort oberflächlich zu gebrauchen. Ein Schnäppchen ist, Schuhe zu kaufen, die zehn Mark kosten. Ihren Freunden begegne ich auf einem Fest am Abend: Maler, die als Wirte überleben. Wirte, die zu Blue-Days-Zeiten viel Geld verdienten und heute Taxi fahren. Die Lehrerinnen mit Zeitverträgen. Einer interessiert mich. Er besitzt einen Trans Am von fünfundsiebzig und hat die Strecke Kassel-Marseille mehrmals nonstop abgefahren. Er heißt Kamikaze, weil er gar nicht anders kann, als an der Leistungsgrenze von Mensch und Material zu operieren. Wir testen uns auf dem Weg zum Hohen Dörnberg. Er schlägt mich. Dabei sieht er arm aus. Ein Haltungsschaden wie zur Anschauung, grau, verhunzte Stiefel, zappelig an allen Orten außer auf dem Fahrersitz. Halbtaub vom Herumstehen in Diskotheken. Caro findet Kamikaze scharf. Er sei eine Legende, sagt sie. Er war auch einmal Musiker. »Wovon lebt er?« frage ich, weil mich das immer interessiert. Das weiß Caro nicht.

»Wovon lebst du?« frage ich Kamikaze. »Als nächstes von dir.« Er möchte wetten, daß er mich über jede Strecke schlägt, die ich vorschlage. Gut. Ich drehe an der Standgasschraube. Auf dem Rastplatz Kassel besprechen wir uns zum letztenmal. Uhrenvergleich aus den Fahrzeugen heraus, mit laufenden Motoren. In der Auffahrt muß ich zum erstenmal bremsen, daran denkt Kamikaze nicht im Traum. Er überholt einen LKW auf der Standspur, überblickt das Gedränge, aus dem ich nicht herauskomme, und bleibt, wo er ist. Mit der Lichthupe arbeite ich mich auf der Überholspur voran, 120, 130, solange eine Steigung im Streckenverlauf alle nach links zieht, die schneller als 100 fahren können. Mit dem ersten Gefälle leert sich die Bahn, der Verkehr läuft rechts gemächlich weiter. Ich sehe die Rücklichter des Trans Am. In den Kasseler Bergen können wir uns ungestört duellieren. Was immer die Strecke an Geschwindigkeit zuläßt, ich bewältige sie zuverlässiger, mit besserer Technik. Drei Fahrspuren nehmen Kurven ihre Schärfe. Am Berg verliert mein Auto deutlich weniger Tempo als der Trans Am. Daß Kamikaze mit mir konkurrieren kann, liegt an seinem Genie. Er fährt, als habe er den Fuß zum Streicheln am Motor. Vor Kirchhain geraten wir in eine Baustelle, er ist hinter mir und kommt rechts nicht vorbei. Ich bremse, gebe Gas, bremse, als sich für ihn eine Chance ergibt. Mit wedelndem Heck wechselt er die Spur und schließt auf. Ich beschleunige, vor ihm fahren Lastwagen. Er will sich zurückfallen lassen, ich nehme den Fuß vom Gas. Dann sind wir soweit mit der Geschwindigkeit runter, daß hinter mir Autos aufschließen. Erst als sich der Verkehr staut, ziehe ich ab und sehe im Rückspiegel, wie am Trans Am zehn Autos vorbeikommen, bevor Kamikaze die Spur wechseln kann. Ein Zeichen seiner Gereiztheit, die sich auf das bockende Fahrzeug überträgt, ist das Fernlicht, mit dem er die Fahrer vor ihm blendet. Sie hupen, um ihren Unmut zu bekunden, und weichen. Keiner ist rücksichtslos genug, nun seinerseits mit weitreichenden Scheinwerfern den Terror fortzusetzen; während die Autobahn zwischen ihren Spuren einen strauchbestandenen V-Ausschnitt entstehen läßt. Wer nach Würzburg will, ist schon abgebogen. Ich fahre geradeaus, unter blauen Schildern hindurch. Ich bin so glücklich, wie ich nur sein kann. Der Planet-Radiodiskjockey weiß das und spielt ein Lied von Santana für mich, *Let the children play*. Wer kennt das nicht: von 220 auf 100 heruntergebremst, der Drehzahlmesser kreiselt. Schweißpfoten. Ich blende ab, um die Empfindung zu verstärken, in der Dunkelheit abzustürzen. An einer Stelle, wo man wie auf einer Eisbahn durch Forst schießt. Jetzt kann ich mich auf keinen DJ der Welt mehr verlassen. Der Wagen liegt so tief auf der Bahn und ist so hart gefedert, daß mir jede Bodenunebenheit in den Arsch fährt. Näher kommt man dem Himmel nicht. Vor der Windschutzscheibe wechseln die Erscheinungen, ohne eine Spur im Gedächtnis zu hinterlassen. Sie treten vor, um zurückzubleiben. Weil ich vor Kamikaze auf den Rastplatz Reinhardshain fahre, habe ich gewonnen. Ich lege den Einsatz auf die heiße Haube, um meinen Kontrahenten zu beschämen. Der kommt aber nicht. Erst nachdem ich geraucht habe, fällt mir auf, daß die Autobahn Richtung Frankfurt verkehrsarm ist wie eine Nebenstraße. Die Positionslichter des Rettungshubschraubers. Im HR-3-Verkehrsfunk ist von Karambolage die Rede. Später, als ich die Unfallstelle auf der Gegenbahn passiere, hat der Sprecher schon genauere Informationen: sieben Fahrzeuge seien zusammengestoßen. Ich zähle nach. Der Trans Am steht quer vor einem Haufen Schrott. Nur die Beifahrertür ist eingedrückt. Was ich übersehe, ist die geplatzte Windschutzscheibe, ein Loch, durch das der Wind in die Haare des toten Kamikaze fährt. Es sind noch mehr Verkehrsteilnehmer ums Leben gekommen, Schwerverletzte nach Gießen in die Klinik geflogen worden. Wie ein Reporter der Nachtredaktion teile ich Caro telefonisch den Ausgang des Rennens mit.

Zusammengebrochene Wartburgs auf dem Rasthof Kassel, die dicken Väter im Mitsubishi; bis in die Siebziger konnte man von meines Vaters Haus, an dem ich vorbeikomme wie an einem vor Anker liegenden Schiff, über Felder in den Kaufunger Wald laufen. Mein Vater hat mit mir gesungen.

Ich klingele bei Caro. »Du kannst nicht bleiben«, sagt sie. »Auf einen Kaffee«, sage ich.

Sie trägt ihren Schlafanzug wie zum Trost. Darüber einen Mantel, offensichtlich aus zweiter Hand. Trauer hat aus Caro eine Trödelexistenz gemacht. Ich weiß nicht mehr, was ich erwartet habe. Jedenfalls will ich nicht allein sein. Als ich mich in ihrem Bett breitzumachen versuche, geht Caro auf mich los. Ich rette mich in meinen Wagen. Gegen den stadteinwärts fließenden Pendlerverkehr treibe ich am Lindenberg vorbei auf die Dörfer vor Kassel zu. Furcht davor, mich strafbar gemacht zu haben, beschleicht mich mit zunehmender Helligkeit. Ich setze die Sonnenbrille auf. In meinem Tran ist das Licht des heraufziehenden Tages eine Bedrohung, der nichts anderes entgegengesetzt werden kann. Auf der anderen Straßenseite warten Schüler auf einen Lift. Ortsnamenschilder treten mit der Zudringlichkeit einer Usurpatorenordnung ins Bild. Überall werden Autos angelassen. Mütter decken mit ihren Körpern einen

Kinderzug über die Straße. Unangefochten von diesem fremden Alltag gerate ich auf eine Schnellstraße.

In einem Lokal auf der Frankfurter Straße treffe ich Veronika, verwirrt, im Trainingsanzug, später vom Bier so dusselig, mit dem schönen Ehrgeiz, aus üblen Verhältnissen herauszufinden. Einer ihrer Kumpel steht vor mir stramm, den rechten Arm zum deutschen Gruß gestreckt. Weitere Freunde sitzen gemütlich auf Holzbänken, jeder übergewichtig und niederträchtig. Ich bin froh, daß man mich in Ruhe läßt und Veronika nicht von meiner Seite reißt. Sie hat mir so viel zu sagen mit den wenigen Wörtern, die sie noch kennt. Ich bin ihre Rettung, der Mann aus der Reklame, einer, den diese Brüder gelten lassen müssen. Warum eigentlich? Ich halte ihnen Zigaretten hin, die sie nicht rauchen wollen. Zwei ältere Gäste sind kakaobraune Soldatenkinder. Frauen tanzen zu Automatenmusik, aber Veronika will lieber bei mir bleiben, sagt sie. Ich erzähle ihr nicht, daß ich sie in einer Frankfurter Sexschau gesehen habe. Der Wirt gibt durch den Rauch hindurch zu verstehen, daß er mit mir nicht einverstanden ist. Er steht mit Geschäftsführern bei den Kleiderhaken, ganz der pralle Verbrecher, den wir aus dem Kino kennen, und hört mit asthmatischer Überheblichkeit seine Claque ab. Die Herren scheppern vor Vergnügen über etwas, daß ihnen wie eine spitze Bemerkung vorkommt. Von Veronika erfahre ich, daß gut mit Schnaps verdient wird, den man aus Thüringen heranschafft und als Hardenberger ausschenkt.

Ich will Caro sehen und besuche Joy. Sie gibt sich, als sei ich immer noch ein Star und sie die am Tag ihrer Hochzeit sitzengelassene Braut, so manierlich und erwartungsvoll und zugleich so hoffnungslos. Das Selbstbewußtsein einer alleinerziehenden Mutter verbindet sich in ihr mit Resignation und sexueller Gier zu einem Knoten.

»Ich werde allein bleiben«, sagt sie.

»Du könntest mich heiraten«, behaupte ich. Wir sind bestrebt, keine Panik aufkommen zu lassen. Verdammt lang her, daß wir *Bring mir den Kopf von Alfredo Garcia* im Nachtstudio des Royal sahen. Vorher Eis aus der Diele neben dem Kino, nachher hatte alles zu. Am Fridricianum vorbei, auf den Treppen zur Aue: das über uns aus blauen Lampen strömende Licht brachte Joy auf Wilhelm Reich. Wir suchten die Zone unter Bäumen, wo der Geruch von feuchtem Laub, Fäulnis, Übergang den Weg ins staubtrockene Mexiko wies und von dort über den Rio Grande in den Südwesten der Vereinigten Staaten. Wir erreichten Orte, durch die zuerst John Wayne gekommen war und später Peter Fonda und Dennis Hopper. Ich trug eine Jacke, die Koller gehörte, Joy roch nach Patschuli. Wie alle besaß sie gestrickte Pulswärmer und Gamaschen. In einem von ihr gegründeten Zirkel wurde aus wesentlichen Büchern vorgelesen. Ihre Beliebtheit und krassen Gefühlsschwankungen, dieses weite Land mir rätselhafter Wünsche und schroffer Forderungen. Ich konnte nicht entschlüsseln, was sie zu verstehen geben wollte. Ich beuge mich über sie.

Ein schmaler von Haut wie von Moos bewachsener Apparat. Später diese eher schildkrötenartige Maschinenhaftigkeit, die mit zunehmender Driftgeschwindigkeit aus der Bahn geläufiger Wendungen und eleganter Handhabungen an einen fantasierten Rand gedrängt und dort von Widerständen erfaßt wird. Bin ich zurückgekehrt, um befriedigt zu werden?

Das Kind kommt und weiß noch meinen Namen. Es stempelt meinen Leib mit seinen Füßen und verhaspelt sich in erschrecktem Vergnügen an einem willfährigen Erwachsenen, bis ich es mit meinen Armen wie an Eisenstreben fixiere. Ich presse das Blut aus den runden Schulterstückchen. Jetzt sieht das Kind eine gemeine Fresse. Das ist mein Gesicht. Weil die Mutter in den Kissen, unter dem schäumenden Deckbett, für alle Zeit besänftigt ruhend, diese Wendung nicht fassen kann, wird das Unschöne daran dem Kind angelastet, das auch gleich losplärrt. Wird sie es wegschicken oder nur sein Erschrecken, indem sie es an sich drückt? Vor dem Vollzug der Tröstung wende ich mich ab. »Du könntest hierbleiben.« Ein als Gastfreundschaft daherkommender Einsamkeitsansturm.

Wenn wir uns an den Fenstern zeigen, ist vom Abend schon die Stunde eiliger Verrichtungen abgezogen. Die Stadt der Büros wird zu einer Stadt leuchtender Flächen, eine Konkurrenz vertikaler Lichtfänger. Nun entscheidet nicht mehr die Größe eines Gebäudes allein über sein Gewicht in dem Ensemble hoher Häuser. Die Beschaffenheit der Oberflächen kommt ins Spiel und die Lage nach Graden. Hinter den aus Schächten und Luftschleusen in ihre Wohnungen geworfenen Verbrauchern liegt ein Horizont aus besonntem Glas, und etwas von dieser erheblichen Energie in unserem Rücken gibt dem häuslichen Leben seine Richtung. Aus meinem Küchenfenster sehe ich, wie Frauen am Fenster ihrer Schlafzimmer die Kleider fallen lassen. Sie sind allemal jung, und sie geben ihr Bestes, auch am Abend noch die Kulissen ansprechend zu beleben. Dies ist die Stunde der Präparation und der Entspannung. Nachlässigkeit breitet sich aus. Eine untersucht ihren Busen, eine ist wie Rapunzel mit den Haaren beschäftigt. Männer kommen aus den Duschkabinen, um mit Blick auf die Nachbarschaft Zigaretten zu rauchen. Einer stellt sich dazu auf den Balkon. Er raucht mit solchem Aufwand, daß man glauben könnte, er habe die Genußgesten von der Kinoreklame gelernt. In manchen Küchen werden Vorbereitungen getroffen, anderswo machen sich Hände an Schultern zu schaffen. Die zwanglose Antwort erfolgt in einer Körperdrehung. Umarmung und Rückzug auf die schattige Liegebucht im uneinsehbaren Teil des Zimmers. Die Zeit läuft ab, nach acht passieren andere Dinge.

Die Stadt ist in ihren westlichen Bezirken verschwunden. Der Rest ist Bereitstellungsraum. So wie hinter einem dicht besiedelten Küstenstreifen Land nur in seiner Bedeutung als Versorgungspark für den Frontbereich wahrgenommen werden könnte.

Gehemmter Speichelfluß. Gehaltsmitteilungen. Der museale (zoologische) Aspekt von Gesprächen, das Anachronistische vieler Wendungen, die Dialekteinfärbung, fällt zusammen mit der bemerkenswerten Verarbeitung von Stoffen zu Anzügen. Mittags nach zwölf wird vom Opernplatz aus, über die Bockenheimer Landstraße hin, eine Parade abgehalten. Die entscheidende Verständigung erfolgt in der Krawattensprache. Wie lachende Pferde, die Männer mit Milchmixgetränken in den Händen. In der Manier protzender Halbstarker bringen sie englische Wörter in Sätzen unter, die dem monotonen Rundlauf ständig aktualisierter Nachrichten auf Bildschirmen nachempfunden sind.

Kein Kommentar, sagt ein Angestellter zu der bis zum Nabel gut und darunter ihrem Begehren angemessen gekleideten Bettlerin, die auf dem Grüneburgweg eine Mark von ihm möchte. Diese Bettlerin, fast noch eine junge Frau, ist schon einigen aufgefallen. So wurde sie in der U-Bahnstation Bockenheimer Warte gesehen, wo sie Leute um Geld anging, ohne ihnen den geringsten Hinweis auf ihre Bedürftigkeit zu geben. Die Erstaunten mußten sich zuerst einmal vergewissern, richtig verstanden zu haben, nicht etwa undeutlich nach der Uhrzeit oder einer Straße gefragt worden zu sein ... Ich stelle sie mir als Entsprungene eines komfortablen Haushaltes vor, als Ehefrau eines Gutverdienenden, der von den wilden Aktionen seiner Gattin keine Ahnung hat. Ein Training in Hemmungslosigkeit, eine engagierte Kontrolle des Sozialverhaltens könnte das sein, was sie treibt, wahrscheinlicher aber ist, daß sie sich zu erleichtern sucht.

Manche Veränderungen in der Stadt lassen an einen Mann denken, der mit einer Axt um sich schlägt. Ein Haus wird abgerissen, ein paar Tage gehen wir an Schutt vorüber, dann kommen Bauarbeiter wie ein Rollkommando.

Zurschaustellung von Besonnenheit scheint vielen angebracht, die ihre Armut und Trostlosigkeit nicht mehr verbergen können. Freundlich wie Automaten kommen sie dir entgegen. Dem quellenden Elend haben sie weiter nichts entgegenzusetzen als eine unsinnige Hoffnung auf Verschonung.

Keine Gnade. Ein allgemeines Niedertrampeln, Rempeln, Wegbeißen. Kinderwagen werden als Rammböcke benutzt.

Auf der Bergerstraße stoppt ein Porsche, sein Fahrer schmeißt eine leere Jägermeisterflasche auf den Asphalt, die ohne zu zerbrechen vor die Reifen eines geparkten Autos schlittert.

Einer in der Rolle des besorgten Vaters. Die Tochter ist vor ein Auto gelaufen. Dessen Fahrer, ebenso rücksichtslos wie geistesgegenwärtig, ist ein extremes Manöver gelungen. Nun steigt er aus und macht seinem Ärger Luft. Der Vater prüft nur schnell die körperliche Unversehrtheit des Kindes und zieht sich dann zurück. Er ist frei von Zorn, nur ängstlich.

Die Corvette vor dem Sudfass berichtet vom Leben eines Beutemachers. Eine aufgestellte Camel Light-Hartpackung in der Station zwischen den Sitzen, bei einer Büchse Coca-Cola. Kein Telefon, aber eine Mordsanlage an Bord. Mit zweihundert zu *Über sieben Brükken mußt du gehen* in der Version von Peter Maffay: so, stelle ich mir vor, genießt der im Bordell abgestiegene Fahrer seinen Überschuß an Möglichkeiten.

Der blanke Mittelklassewagen dahinter, mit dem Kindersitz auf der Rückbank, erzählt eine andere Geschichte. Hier amüsiert sich ein Kleiner, bevor er zu Hause große Lügen erzählt.

Wenn er nach Frankfurt kommt, fühlt er sich einer Art aufzutreten verpflichtet, die unter solchen Homosexuellen bevorzugt wird, die den zeitlosen, sie sagen klassischen Aspekt einer Mode betonen wollen. Er begründet seine Zurückhaltung damit, daß er hier ohnehin keine Chance hat, aus dem Rahmen zu fallen, während er in K. Kleiderkönig genannt wird. Er trägt dort mit Vorliebe die ausgefallenen Sachen, die er in Frankfurt eingekauft hat, wo wir ihn nur in Schwarz und Jeansblau zu sehen bekommen.

Einer Freundin ist jemand aufgefallen, der mir auch schon aufgefallen ist. Ich sehe ihn im Blauen Krokodil, wo er manchmal bedient: lauter Zurückgebliebene, die dort campieren, vielleicht mit der Hoffnung, infolge einer Renaissance wieder in Mode zu kommen. Daß sie so viele Züge vorbeifahren ließen, rechnen sie sich als Verdienst an. (Eine Menge Spiegel im Raum zwingen dieser Gesellschaft den eigenen Anblick auf.)

Der Kellner hat die lockeren Glieder eines Basketballspielers, große Hände. Umsichtig bewegt er sich zwischen den Gästen, sein Selbstgefühl ist spürbar. Ich stelle ihn mir als gute Seele einer Wohngemeinschaft vor. Er wird intelligent sein, nicht unbedingt zupackend; ein Partisan in eigener Sache, der auf die großen Erklärungen verzichten kann. Vielleicht hat er Schreiner gelernt und sieht sich als Maler. Ich glaube, er ist Anfang Zwanzig, die Freundin, mit der ich über ihn rede, schätzt ihn älter. Er ist ihr auf der Leipziger Straße aufgefallen, sein Gang berührte sie. Lässig und unbeteiligt sei er ihr erschienen. Eine Mülltüte habe er dabei gehabt, »auf der Leipziger, kannst du dir das vorstellen«. Beim Bockenheimer Depot geriet sie mit ihm auf eine Höhe. Nebeneinander gingen sie bis zur Universitätsbibliothek. Sie hätten sich angesehen mit Blicken voller Wohlgefallen, den sich zwei stattliche Menschen zweifellos leisten können, ohne sich schon etwas vergeben zu haben und ohne damit etwas bewirken zu müssen. Sie konnten die Folgenlosigkeit ihrer Sympathie genießen wie einen Luxus. Kein Wort fiel zwischen ihnen. Sie gaben sich endlich ganz einfach frei, indem jeder aus dem Sichtfeld des anderen schritt, gekonnt aufrecht.

In der Molotowbar stehen schöne Männer an der Theke, so unverdrossen eitel, daß es mich schüttelt. *Here we are* am Ende des Jahrtausends, gedrängt wie eine Herde auffällig gezeichneter Beutetiere. Frauen in Kleidern aus Gardinenstoff flirten aus Langeweile mit jedem, der sich nicht hinter einem Eisblick verkrochen hat. Etwas von der Angst alter Leute vor allen Unwägbarkeiten in öffentlichen Räumen hockt schon den Jüngsten wie eine kleine Ratte am Herzen.

Kollers Ausführlichkeit beschämt mich. Schon länger vermeide ich längere Redezeiten und aufwendige Gesten. Ich möchte jemand sein, der in einem Lokal nicht aus sich herausgehen muß. Wie dämlich das aussieht, wenn einer unter Alkoholeinfluß intensiv wird.

Wir sind so auf den Hund gekommen, daß wir überlegen, ob wir jetzt Whisky bestellen oder besser nicht. Von den Frauen im Raum macht sich keine die Mühe, uns einer gewissenhaften Prüfung zu unterziehen. Ihre Blicke gleiten wie Riefenstahlsche Lichtfinger über uns hinweg, um bei Theken-Olympionikenzu verweilen.

Tomoko wartet neben Kimiko. Tomoko ist die Japanerin, die Popmusik hört, als ging's um ihr Leben. Kimiko sieht aus wie eben aus einer Lackschachtel gezogen. Haare wie eine fett nachgezogene Braue. Brauen wie haarfeine Bögen. Im Ausdruck Verschrecktheit ... diese professionelle Rehhaftigkeit. Ich habe die Idee, ihr puppenhafter Kopf könnte auf den Rumpf nur gesetzt sein. Leicht abnehmbar.

Tomoko ist fünfundzwanzig und nicht verheiratet. »Das«, sagt Koller, »sei ungewöhnlich in Japan.« Ein weltweit operierendes Reisebüro ist ihre Firma. Zur Gründung einer Niederlassung wurde Tomoko nach Frankfurt geschickt. Nun renoviert sie Büroräume, die sie an der Konstabler Wache aufgetrieben hat. Koller behauptet, den Spitzen der europäischen Wirtschaft müsse die Managerin bei dieser Eigenhändigkeit nur gezeigt werden, um sie zu erschrecken.

»Wir sind im Krieg«, sagt er, ein Feldherr auf der Baustelle. Wie zur Verharmlosung zeigt Tomoko Besenstiele, die sie zum Streichen braucht. Sie deutet den Vorgang an, bricht ab. Ironie vielleicht? Ich hatte sie, der Farbflecken auf ihren Sportschuhen wegen, für eine Hobbymalerin gehalten.

In einer Ecke ist elektronischer Kram in aufgerissenen Kartons gestapelt.

»Du schläfst mit einer Rasierklinge«, sage ich über den Kopf der Frau hinweg, unschlüssig, ob ich das auch wirklich glaube.

Koller ist begeistert. So will er gesehen werden: als ein Mann, den der Beischlaf mit einer Rasierklinge nicht überfordert. (Mir fällt die Bildunterschrift zu Fats Domino in *Rock Dreams* ein: *Er schluckte Stahl und spuckte Rasierklingen* oder so ähnlich.)

Koller trägt ein Hemd, das ihn unter Kennern ausweist und findet die Gelegenheit günstig, mir das genau zu zeigen. Er schlüpft aus dem Jackett, an einem milden Frühlingstag in den Neunzigern, mittags gegen zwei. Zerbrochen in Streifen fällt das Licht in den Raum. Von Staubsäulen umgeben, stehen wir uns in plötzlich überschießender Gedankenarmut gegenüber, gefaßt nur noch auf Tölpeleien; während Tomoko zwischen Sachen unterwegs ist. Was sie nicht braucht, versenkt sie in einer Mülltüte ... Dude auf kasselänerisch. Das große Pah regiert Tomokos Züge, als sei sie früher mal Zeugin eines unerwartet kindlichen Spiels geworden, das bei ihr in jeder Hinsicht für Klarheit und Enttäuschung gesorgt hat.

Das japanische Gefühl, meint Koller, stellt sich ein, wenn er in die Zelle kommt, die Tomoko über dem Saturn-Kaufhaus auf der Bergerstraße bewohnt. Es erfordert bestürzende Enge und die kalte Traurigkeit der in Europa ausgesetzten japanischen Frauen. Tomoko lernt Deutsch im Liegen. Sie drischt sich die fremde Sprache in den Kopf. Sie ist in Koller verliebt, der sich nicht festlegt. Er will nur verweilen, diese besondere Luft atmen.

»Klangspiele im Park« ist nur noch ein Beispiel für Benennungsschwachsinn. Dem Wetter gefällt »Klangspiele im Park« auch nicht. Deshalb läßt es das mit vier Kapellen angekündigte Fest, von denen drei ausfallen, im Regen absaufen. Wie in Woodstock baden Kinder in Pfützen, während die zwanzigjährigen Eltern unter Planen im Matsch sitzen und sich ihre tätowierten Beine zeigen. Man raucht Gras und trinkt Bier für schlappe drei Mark der drittel Liter plus Pfand. Das Ganze besitzt genug von der Trostlosigkeit eines campierenden Indianerstamms auf der Flucht, um Charme zu entfalten. Ich studiere Tropfenbänder an Gegenständen und den Tropfenfall von Ecken und Kanten. Lustspiele allenthalben. Das Muskulöse ist Mode. Unter vollgesogenen Stretchminis gliedern sich die Partien so proper. Eine Wonderbra-Wollust entfaltet sich vor dem Grunge-Veteranengebaren der Galane. »Wunderbar«, sagt Koller. Mit einer großartigen Bewegung der Arme öffnet er seine Lungen der nassen Luft. Die monumentale Geste gerät zum Gebiet, in dem er als Fürst von eigenen Gnaden Hof hält. Er geht ein paar Schritte, einen alten Hit von Carly Simon auf den Lippen: *You're so vain.* Aus dem Regen tritt er in den halbtrockenen Dunstkreis einer Bude, um sich einschenken zu lassen. Tomoko steht schon dort, und Evi, wegen ihr haben wir uns eingefunden. Sie ist eine Rockerin, Gitarristen sind für sie am geilsten.

Koller ist daran gewöhnt, bequem zu sitzen. Dem trägt man Rechnung auf diese unterschwellige Weise, in der sich das Vortrittsrecht eines Menschen wie ein Rauchzeichen der Umgebung mitteilt. Ich war dabei, als seinetwegen ein Lokal bis morgens um vier offengehalten wurde. Mir war das nicht recht, aber dieses Fossil einer im Umbruch begriffenen Branche, so er über sich und die Verhältnisse, dröhnte ungerührt. Der Kellner nickte immer wieder über seiner griechischen Bildzeitung ein, weigerte sich aber Kollers Retsinadurst zu limitieren.

In seinen mittleren Jahren pflegt Koller den Überschwang eines (mit Überwältigungsabsichten auftretenden) Commis voyageur. Aus jedem Dutzendstoff schneidet er einen barocken Mantel. »Man kann nicht klein bleiben, wenn man groß denkt«, sagt er.

Tomoko findet Rock übler als Scheiße. Gitarren sind das Letzte. Sie möchte nicht glauben, daß Koller und ich mal eine Band waren. »Ihr Rock'n'Roller«, sagt sie, damit wir das bestreiten. Als Altgediente sitzen wir in Anzügen ... dekorativ ist der Matsch auf den Schuhen ... neben malerisch gewandeten Neuromantikern. Mit seinem bulligen Behagen verbreitet Koller Nervosität. Evi kann auch nerven, sie will die Anerkennung ihres Papas und des Onkels ... einem Gitarristen. Die Posthippies würden uns furchtbar gern auslachen. Sie wollen uns vorführen. Sie laden uns ein, mit ihren Instrumenten etwas zu versuchen. »Warum nicht«, sage ich. Hatten wir nicht schon zu allem die Traute, als diese Kinder noch gar nicht auf der Welt waren? Wir nehmen die grundlose Wiese unter unsere Sohlen. Ich stelle mir vor, daß die Leute zwei Männer mit großen Köpfen ... Bollerköppe sagte man ... sehen, die bluesbrothermäßig die Bühne entern, frontal und schwerfällig. Und dann schmieren wir sie ein, dreizehn, vierzehn Jahre nach unserem letzten Auftritt, mit einer Rotzversion des Kinksklassikers *All day and all of the night.*

Der Schlagzeuger kommt auf Anhieb mit uns zurecht. »Das war göttlich«, sagt er. Aber wir sind an einer Fortsetzung nicht interessiert. Wir wollen noch auf eine Ostendfete, wenn schon, denn schon. In einer dunstigen Zone zwischen stillgelegten Gleisen und aufgegebenen Lagerhallen treffen wir Leute mit dem gleichen Ziel, noch ein verirrter Haufen; frierende Frauen auf Plateausohlen und Männer in verrauchter Partylaune: seit Jahrzehnten auf der Piste. Der Verschleiß ist unübersehbar. – Erwachsene, die wie Raverkids nachts durch eine Slumgegend tapern, um was zu erleben; beschirmt vom großen T einer Telekomreklame.

Ich erinnere, daß fünfundsiebzig ein Film mit Redford und Newman der Kassenschlager war. Die Titelmusik lief überall.

Auf einer Klassenfahrt spielten wir sie nach. Wir brachten einen dazu, in unserer Gegenwart zu wichsen. Anlaß zu wildem Hohn, den sich jemand gefallen lassen mußte, der Affengesicht genannt wurde.

Wir entweichen verrammelten Straßen in den Günthersburgpark. Am Himmel wird der Abend geprobt, und wir, vom Radfahren müde, sind empfänglich für ein Angebot zur Versöhnung mit den kriegerischen Fakten der Gegenwart. In diesem Reservat, das ein paar Büsche und etwas Rasen zum launischen Gebrauch bereit hält, herrschen Spieler. Ein Ball kreuzt die Flugbahn einer Frisbeescheibe. Höher steigen die Keulen der Jongleure. Sie stehen erst am Anfang: zu oft purzeln die Spielzeuge ihnen noch vor die Füße ins kalte Gras. Eine Asiatin exerziert mit Schwert: Parade, Attacke und Rückkehr in die Ruhestellung. Sie legt das Schwert ab und bekämpft die Luft mit Fäusten. Das Publikum ist an Wu Shu gewöhnt. Auch jene jungen Männer, die ihre Ärsche auf der Lehne einer Bank balancieren, mit weinroten Nylonjacken und weißen Reeboks als Gang ausgewiesen und grundsätzlich unermüdlich und erfinderisch in kleinen Demonstrationen von Stärke, müssen über die zarten Wehrübungen nicht lachen. Die alten Boulespieler, allesamt Männer, denen körperliche Arbeit und die Herrschaft über große Familien deutliche Gesichter gemacht haben, kümmern sich nicht um den Schwerttanz und die Bande. Sie sind zu sehr mit ihrer Sache beschäftigt, die Kugeln wiegen schwer in den Händen. Das Ritual von Wurf und Messung verlangt Sammlung. Der ist ein gelegentlicher Schluck aus der Flasche förderlich, die dann wieder zwischen frei liegenden Baumwurzeln eingelagert wird.

Zwei Frauen ziehen vorbei: eine aufgezäumt, Starstute

im Stretchmini, die andere aus lauter Gegenwartsverachtung in abgelegten Sachen. Sie liegen sich in den Armen, wir haben schon begriffen, sie sind sich die besten Freundinnen. Kinder auf Schaukeln. Der mit schneidender Handkante von der Nase getrennte Rotz schmiert über Höschen von Benetton. Die Eltern sind schon älter. Sie betreuen hier die Folgen ihrer späten Entschlüsse, gekippter Entwürfe; ganze Romane der Ernüchterung in drei Sätzen, die wir aufschnappen. Am Tonfall ist die Schule der Wohngemeinschaften zu erkennen. In einem Augenblick scheint die alte Hoffnung von einem entspannten Dasein wie unter Glassturz gebannt. Wir erkennen uns in dem nachlässigen Wohlwollen der Männer an den Kinderwagen. Jetzt schlagen sie die Kragen ihrer Übergangsmäntel hoch. Es ist kühl geworden. Zeit für das erste Bier des Tages in einem Café, wo man für Dreimarksiebzig eine Flasche Budweiser bekommt. Wir versinken in einem durchgesessenen Sofa und betrachten Bilder an einer Wand, solarisierte Akte, die Kunst sein sollen, aber nur pornographisch sind. Darunter sitzen engagierte Frauen im Sperrmüll und trinken in aller Unschuld Milchkaffee aus kleinen Wannen.

Im nächtlichen Anflug bist du traumlosem Schlaf näher als einer Umarmung, und es kommt dir so vor, als sei von allen Übertreibungen deine Absonderung vom Stamm die Lachhafteste. Du versuchst dich zu erinnern, während eine beschauliche Ansicht von Lichtmustern, einem Abziehbild ähnlich, unter dir wie was Tolles zur Kenntnis genommen werden will. Schau nicht hin und vermeide die Wörter der Aufregung. Nichts von dem, was deinem Blick sich bietet, verdient eine heftige Reaktion. Der Sarg öffnet sich und entläßt Überlebende. Laptop und Pet Shop und ein chinesisches Gericht, das so ähnlich klingt ... das Gepäck, der Zoll, niemand hinter der Absperrung, der mit den Armen fuchtelt, um von dir gesehen zu werden. Eben noch über der Erde, stehst du nun im Keller und erwartest die Maschine, die dich *downtown* bringen wird. Darauf ist Verlaß, sie wird kommen, du hast dich mit deinem kleinen Musikspender abgekapselt (auch die Reisetasche ist klein, deine Jacke sieht aus wie ein Beutel aus Fallschirmseide mit einem Loch, durch das du den Kopf steckst). Die mächtigen Körper aus der Klasse für Geschäftsmänner sind irgendwie nicht mehr aktuell, so verschwitzt, ein auslaufendes Modell. Sie weisen auf einen Anfang hin, wie Krokodile auf ausgestorbene Echsenarten hinweisen. Jetzt hast du auch eine Erinnerung auf dem Hintergrund eines aufgerissenen Nachthimmels von unwahrscheinlichen Farben. Die steuerlos treibenden Boote voll Verdursteter hast du zwar nie gesehen, aber es hat dir auch keiner versprochen, daß die Erinnerungen echt sein würden. Du weißt, daß mit den Farben etwas nicht stimmt. Doch kann auf die Szene nicht wie mit einer Fernbedienung eingewirkt werden. Von nun an wird für dein Empfinden alles zu langsam ablaufen. Hauptbahnhof ist ein altes Wort. Es führt zu Eisen und Kaiser. Du gelangst dorthin mit einer S-Bahn, hältst dich aber nicht auf. Im Licht der Straßenbeleuchtung, angestrahlter Häuser, dem Scheinwerferlicht der Autos, beleuchteter Brücken, unter den Positionslichtern von Flugzeugen. Du trinkst noch was in einem hellen Lokal, und später hast du das Glück, dein Lieblingsvideo zu sehen.

In einem Dezember kam ich nach Frankfurt. Mir gefielen die Leute, die ich abends aus den Theatern strömen sah, gut angezogene Frauen und Männer, die ihre Auftritte kenntnisreich in Szene setzten. Vor der Garderobe des Theaters am Turm wartete ich auf sie, ihr Anblick nährte mich. An Kassel dachte ich als an eine in die Vergangenheit gedrängte Stadt. Ablagerungen, Tunnel. Familien geduckt vor Bildschirmen. Brachliegende Felder an der Peripherie von Siedlungen.

Auf dem Römer war ein Weihnachtsmarkt aufgebaut. Zum erstenmal ging ich am Main. Der Wind trug den Dieselgestank stromauf fahrender Frachter. Ich wünschte weiter nichts, als mir selbst so unbekannt zu werden, wie ich anderen schon war. Später ging ich in den Club Voltaire, von dem ich gehört hatte.

Unter den Gästen der irischen Kaschemmen im Säuferquartier von Sachsenhausen fiel Koller auf. Er war nun Produzent. Die Situation forderte den Vergleich. Wir griffen uns an, dazu aufgelegt, aneinander kein gutes Haar zu finden. Ich hätte an der Hochschule Karriere machen können. Nach dem Examen war ich zu einem Headhunter geflogen, nach meiner Rückkehr aus Frankfurt angerufen worden. Ob ich mir vorstellen könne, als Verbindungsmann zwischen dem amerikanischen und dem deutschen Teil eines Investment-Joint-Venture zum

Vorteil der Amerikaner zu arbeiten. »Sie bezahlen mich für Loyalität«, behauptete ich.

Der Job entwickelte meinen Sinn für Hierarchien. Wenn Fahrstuhltüren sich in hoch gelegene Büros hinein öffneten und ich über geräuschvernichtende Teppiche einer Besprechung entgegenging, befiel mich heimliche Aufregung. Je kostspieliger der Aufzug, je berühmter die Handschrift der Ausstattung, desto sinnvoller erschien mir das Leben. Darin erkannte ich eine Regel, bestätigt auch von kleineren Beispielen auf der Eschersheimer Landstraße, die ich vor meinem Schreibtisch erblickte.

In eine Baisse hinein hatte ich mich mit geborgtem Geld engagiert. Koller hatte dazu viel beigetragen. Nun wartete ich darauf, daß der Nahe Osten in Flammen aufging. Ich ging an der Anmeldung vorbei durch die Schleuse in den Windfang, auf den Bürgersteig. Angeweht von Abgasen, unschlüssig, wo ich essen sollte. Vor mir wuchsen Passanten aus dem körnigen Grau des Industrienebels. Ihre Gegenwart war von Hupsignalen nicht mehr genau zu unterscheiden. Bevor dieser Ansturm mich unter sich begraben konnte, brachte ich mich im nächsten U-Bahnhof in Sicherheit. Über mir tobte eine an ihren eigenen Maximen verrückt gewordene Welt, vor mir öffneten sich die Schächte. Die anstehenden Verpflichtungen nach Feierabend hatten Pendlerkompanien entfesselt, die von hier aus der Stadt gebracht wurden. In die Attitüden ihrer Chefs hineingeträumt, zeigten sie Eile und das Bedrängtsein von wichtigen Entscheidungen. Mit starrem Rücken durchmaß ein Kollege von Mitsubishi-Banks die unruhigen Flächen, ein Kasper auf den klandestinen Feldern des Voyeurismus. Das Vermögen seiner Firma strömte in ihm, vermutlich schwindelte ihm, dem weißen Bushi.

Seine Seele lag gefroren in den Tresorräumen des Mutterhauses. Dafür durfte er im Rang eines Exekutors die Farben der Weltmacht tragen und niemand durfte ihm zu nahe treten.

Die Kaiserstraße wurde aufgemöbelt. An ihren Ausläufern stauten sich noch Menschen ohne Ehre, dem Abfall in den blauen Säcken irgendwie ähnlich. Vielleicht würde man sie darin auch abtransportieren, wenn die Zeile endgültig ihrer neuen Bestimmung gehobener Geschäftslage an der Bankenperipherie zugeführt war. Ich linste in ein Lokal. Leute, die es scharf fanden, in unmittelbarer Nähe des im Abbruch begriffenen, aber immer noch ratternden Bordellbetriebs sich selbst als Vollstrecker künftiger Zeiten zu feiern, wiesen mit exemplarischen Gesten auf ihre Kleidung wie auf eine Einladung. Setz dich zu uns. Das wollte ich nicht. Ich hatte nichts gemein mit ins Geld gefallenen Friseuren, die darauf aus waren, ihre Jobwelt in den Abend hinein zu verlängern, aus Beschränktheit, die sie für Snobismus hielten.

In den Konstabler Arkaden waren Ladenräume noch zu mieten. Ich rannte an meinem Spiegelbild vorüber, vorbei auch an über Abrechnungen einsam gewordenen Boutiquenbesitzerinnen. Hier die sogenannten Delikatessen, dort eine Demonstration der gehobenen Stimmung. Dazu gehörte das Konzert eines Ziehharmonikaspielers und eines Kontrabassisten. Ich setzte mich an die Arabellabar. Wer wissen wollte, was Verzweiflung ist, beachtete die Klavierspielerin. Man hatte sie auf ein Podest gezwungen, von Sesselgruppen belagert. Sie sang auch und wurde unterstützt von einem Gitarristen im Matrosenanzug. Eine schmerzhafte Gewöhnung an die Gleichgültigkeit des Publikums hatte die Arroganz einer Begabten in Trostlosigkeit umgemünzt. Das Gelächter aus den Möbeln, geldsatt, unmäßig, aufreizend, war ein Angriff auf sie.

Später kam ich in Kneipen, die mir lange genug Unterhaltung geboten hatten, mit ihren flotten Bedienungen ... den schweigenden Paaren und aufgekratzten Zechern ... und verstand mit einem Mal nicht mehr, wieso noch irgendwer so lebte.

Januarkälte. Stillstand. Windstadt. An Litfaßsäulen klebten Plakate, die Schriftsteller mit Erfolg zeigten. In den Übergängen, den kläglichen Korridoren, Anlagen voll Kot zwischen Häusern und Straßen, flutete manchmal Licht an den äußeren Rändern weitreichender Schattenzonen. Aber es waren von der Sonne abgewandte Farben, aus denen Zuversicht geschöpft werden mußte. Ich erwog, meinen Kopf kahl scheren zu lassen, wie die männlich wirkenden Maler, die in der Molotowbar verkehrten. In ihren dunklen Jacketts und weiten Hosen machten sie einen fantastischen Eindruck auf mich. Sie waren nicht ironisch, weil sie sich nicht vorkamen wie Fehlgeleitete, wie zu spät gescheit Gewordene. Sie fühlten sich nicht verhöhnt von den Speichern, die in der Stadt aufragen. Die Architektur regte sie vielmehr an. Darüber zu reden, lohnte der Liebe wegen, die auf den Hockern jeden erwartete und mit Hochmut und Anmaßung bezahlt werden wollte.

Parolen verwesten auf Mauern. Es stand schon fest, daß Saddam Hussein die ihm gesetzte Frist verstreichen lassen würde. Im Takt der Kriegsvorbereitungen am Golf stiegen die Aktienkurse. Auf einer Baustelle waren Bagger und Kräne zusammengezogen worden wie vor einem Angriff. Die Stadt lag wie unter Goldstaub im Licht. Die achtziger Jahre lagen so weit zurück, daß ein zehn Jahre altes Tanzstück zu Wehmut verhalf. Der Widerwillen, den diese Musik einmal in mir hervorgebracht hatte, stellte sich als Erinnerung ein. Eine unerhebliche Information.

Bands, die mir gefielen, spielten in Offenbach und Mannheim, bestenfalls in Frankfurter Lokalen, nie in der Festhalle. Ich verstand das als Einweisung in die Minderheitenbezirke, die melancholischen Felder am Rand.

Schließlich stellte ich mich zu den grimassierenden Gelegenheitsmachern auf die Freßgasse. Wer den Kampf zur Bewältigung der Moden aufgenommen hatte, kam vorbei. Zockernaturen, Genußfratzen. Keiner, der nicht alles zu geben bereit gewesen wäre, für ein paar gute Jahre, anerkennende Blicke ... was weiß ich. Von der Polizei aus den Taunusanlagen gescheuchte Tagediebe passierten mein Blickfeld auf ihrem Weg in die nächsten Büsche.

In einer Spielhalle auf der Münchener Straße sah ich regungslos den Automaten hingegebene Männer, die vom Lärm vor der Glaswand zu keinem Blick veranlaßt werden konnten.

Mit der Rolltreppe fuhr ich in den Schacht. Am Fuß der Treppe trieben adrette Schülerinnen ihre Scherze mit erloschenen Menschen, die kleine Mengen Geld nötig hatten. Die Bahn fuhr ein. Schlagartig war der Bahnsteig voller Mäntel.

Koller warf sich auf mich, halb abgesoffen in einem Anzug mit breiten Revers. Die Hosenbeine warfen auf den Schuhen Falten. »Ich liebe dich«, schrie er. »Be tough«, entgegnete ich gerührt. Wir wurden gerade stündlich reicher. Ihn hatte die gute Nachricht in einem Hamburger Hotel überrascht. Du kennst die Atmosphäre: Nachtblick aus dem zehnten Stock auf bewegliches und fixiertes Licht; die Zimmerbar, das Angebot unbedeutender Spielfilme auf Video, darunter Softpornos.

Gegen elf war er eingeschlafen, um eins vor laufendem Fernseher aufgewacht. Vom Auftakt der Kriegshandlungen hörte er in deutschen Nachrichten. Er schaltete sofort auf Sky News.

Den Himmel über Bagdad stellte ich mir als Zeichenfläche der Kriegsdesigner vor. »Die Wirklichkeit versucht das Kino zu überholen«, sagte Koller. »In der Wüste werden die Voraussetzungen für eine neue Generation von Filmen geschaffen.« Klasse fanden wir, daß sich in Bagdad verbliebene Journalisten auf CNN über ausgefallenen *Roomservice* beschwert hatten. In Erwartung des zweiten irakischen Angriffs auf Israel kontrollierten wir die Nachtbezirke. Meinem Blick war aber nicht zu trauen. Alte Bilder schoben sich vor Straßenszenen, in denen wieder farbige Soldaten vorkamen und Frauen, die aussahen wie Marketenderinnen im 17. Jahrhundert. Von denen manche Kinder Lumpen trugen. Hubschrauber flogen so tief, daß Luftwirbel den Leuten die Hüte vom Kopf rissen.

Wir setzten auf die Musik. Ein alter Hit von den Crusaders, *It's just gotta be that way*, veranlaßte uns dazu, dem Taxifahrer zu sagen: »Halt an.«

Die gewappnete Bonhomie des versierten Anreißers, der sich einem Publikum bei bester Laune gegenüber sah, angesäuselt, gestopft und unternehmungslustig. In seinem Etablissement stammte die Einrichtung aus der Zeit als der »Kriminaltango« eine Neuerscheinung war. Detailsüchtiger als ich hätte man sein müssen, um den Barzauber – mit der Draperie-Ästhetik des angestochenen Wirtschaftswunderdeutschlands – beschreiben zu können.

Ein im Dunklen aufbewahrtes Publikum blickte auf ein mehrfarbig ausgeleuchtetes Zentrum. Frauen in Badeanzügen tanzten dort. Ihre Kleider hügelten wie Kadaver verdeckende Jagdmäntel auf dem Bühnenflor.

Weil das ein Auswahlkriterium war, hatten alle Tänzerinnen lange Beine.

Einer Tänzerin folgte ich durch die Dekoration. Ich konnte ihr nicht sagen, daß die Leute auf den Bildern meiner Kindheit ihre Haare in der Form spitzer Hüte trugen. Ich dachte *aufragend* und *zylindrisch*. Sie lachten, nein, so sah ich es nicht, sie schnitten Grimassen, ohne jedes Wohlwollen. Man verhöhnte mich.

Die Frau schob sich vor diese alten, an gezackten Rändern vergilbten Aufnahmen und sagte: »Die Zeit der Krisen ist in einer anderen Kiste.«

Sie flößte Vertrauen ein. Aus einem Kühlschrank, den Rock Hudson in den Fünfzigern geöffnet haben sollte, holte sie Seven Up in kleinen Flaschen. Aus Dankbarkeit hob ich sie auf einen Tisch. Ich prüfte die Szene im Spiegel. Ein Junge wie Aladin aus *Aladin und die Wunderlampe* in einer Hollywoodverfilmung von 1940, ein als Orientale verkleidetes amerikanisches Kind, kam dazu und verlangte, ihm zu folgen. Es führte mich auf einer abschüssigen Strecke durch Gänge und über Bühnen. Das Auge verirrte sich zwischen Aufbauten, Einbuchtungen, schimmernden Verzierungen; eine Theatralik aus illuminierten Fußleisten, Spiegeln, Volants und Kassettendecken.

Unter dem Namen Colette tanzte Veronika in einem Séparée mit Anmutungen eines Verließes. Koller erwartete mich davor, neben Malochern beim Feierabend, die ihre Fersen mit den Gesäßen belasteten. Teppichhändler, die ins Videogeschäft eingestiegen waren und außerdem Computer schoben, standen in lausigen Anzügen herum.

Der Conferencier hatte einen Sprachfehler, der sich manchmal bis zur Eigenart abschwächte und manchmal in Formulierungskrisen führte, die sich wie Zerreißproben ausnahmen.

Ich bemerkte Veronika auf einem Plakat.

Colette war anders. Ich erkannte Veronika nicht mehr. Ihr Körper war in Frankfurt gestaucht worden. Müde nahm sie Positionen ein, die ihr vermutlich vorgeschrieben waren und eine spekulative Bereitschaft zur Hingabe signalisieren sollten; dabei aber nur eine Art Wärtermüdigkeit hervorriefen.

Mir fiel eine Beobachtung aus Teichmanns Aufzeichnungen ein: ›Sie bog den Nacken soweit, daß ihr Haar den Boden berührte, und während Burroughs seinen Kopf wie ein Beute pickender Raubvogel über ihr senkte, fächerte das Haar über den Boden, als führte es aus lauter Freude einen in jeder Bewegung festgelegten Tanz auf.‹

Es gab keine Ablösung für Colette. Nur Aladin schien um sie besorgt. War er Jesus, der Sohn, von dem Joy erzählt hatte? Ich fand, daß er Marion ähnlicher sah als Veronika. Seine Maskierung verbarg etwas von der Herzhaftigkeit eines amerikanischen Kunstfliegers in den letzten Jahren vor dem Zweiten Weltkrieg.

Die Leute dampften in ihren Mänteln. Im Interconti wurde ein Pulk bitterer Verlierer eines Hallenwettbewerbs zu Wegelagerern, die uns an einem Schauplatzwechsel hindern wollten. (Im Ernst wollten sie sich wohl nur mit unserem Unmut unterhalten.) Die Hoteltür schepperte unter Gepäckstößen, der Luftaustausch war spürbar. Alle Energie floß plötzlich vom bösen Ende. »Nicht mit uns«, sagte Koller. Noch einmal schlugen wir zu, zwei Männer in den besten Jahren. Gut angezogene Freunde fürs Leben.

Der Luftraum über Frankfurt vibrierte von Motoren amerikanischer Transportmaschinen. Gegen ein Uhr morgens hörten wir auf AFN *The bombing of Bagdad continues and we will go on with music.*

»Der Angriff der Maschinen auf die Hirne der Menschen hat längst stattgefunden. Unbemerkt war er erfolgreich«, behauptete Koller, der sich im Interconti mit Koks aufgemöbelt hatte. Aus geplatzten Tüten quoll ein Überlebensarsenal uns auf die Schuhspitzen. (Die Ledersohlen setzten dem Frost wenig entgegen.)

Theken, Straßen, Taxis. Das Gespenst der Ahnungen. Eines Nachts würden wir über Kloschüsseln zusammenbrechen. Ohne Trost, soviel stand fest, erkennen müssen, daß nun mit allem Schluß ist. Der Organismus, mooszäh und zur Metamorphose endlich entschlossen, würde das ausgelaugte Bewußtsein wie ein Häufchen Gelee aus sich herauszittern lassen. Gegen vier wurde der dritte Fehlalarm in Israel gemeldet. Angesichts eines erschlafften Barkeepers, den brabbelnden Koller an meiner Seite, wilderten in mir von Malaria ausgezehrte Sklavenheere auf versumpften Reisfeldern, die ihre Ausbeute nächtens zu den Tempeln der Trusts schleppten. Darin arbeitete eine Industrie zur Erzeugung des Surrogats jedweder Anstrengung. Ohne Umschweife wurde aus allem Geld geschlagen und in transparenten Pipelines nach Tokio, London und Frankfurt gepumpt. Durch Länder, die sich zu Erbärmlichkeitshügeln aufgeworfen hatten.

Genuß ohne Aufschub. Reue erst wieder auf dem Sterbebett. Um halb acht war das Café Weidenweber an der Großen Friedberger Straße schon voll mit Marktbeschickern, Eckenstehern, die sich niedergelassen hatten, und Leuten, die erst lernen mußten, daß aus den

Kaufburgen auf der Zeil noch nichts zu holen war. Auch die Matrone mit dem Hütchen ging gichtlahm und tortengeil als Muster weiblicher Ältlichkeit verfrüht an den Start. Beim Frühstück erfuhren wir von Raketeneinschlägen in Tel Aviv.

Der Dollar wurde kaum teurer. Die Börsenkurse gaben nach der Euphorie des ersten Kriegstages international schon wieder nach. Der Ölpreis fiel mit. Mittags ließ Syrien durchblicken, daß es im Fall eines israelischen Vergeltungsschlages nicht unbedingt die Seite wechseln wollte. Jordanien bestätigte seine Neutralität. Die Tourismusbranche erwartete geschäftliche Einbußen für das laufende Jahr. Die Mainzer Narren hatten ihre Fastnacht abgeschrieben. Unter meinem Büro zogen Demonstranten vorbei. Sie waren verfroren und unmutig. Ich war saniert und erwog die Konsequenzen einer Kündigung.

Der erste Kriegsgefangene wurde am 20. Januar gemeldet. Der erste diplomatische Kontakt der USA mit Irak seit Kriegsausbruch kam zustande, weil die Amerikaner daran erinnern wollten, was sich an Verpflichtungen aus den Genfer Konventionen für die Behandlung von Kriegsgefangenen ergab. Die irakische Regierung hatte ein Kopfgeld auf alliierte Piloten ausgesetzt. Pro-Radio 4 teilte mit, daß sich auch an diesem Tag wieder weltweit Hunderttausende an Antikriegskundgebungen beteiligt hatten. In Deutschland waren das überwiegend Schüler. Offizielle Prognosen zur voraussichtlichen Kriegsdauer schwankten zwischen zwei und sechs Monaten. Israel wollte auch den zweiten Raketenangriff vorläufig unbeantwortet lassen, um die arabisch-westliche Allianz gegen Hussein nicht zu gefährden. Bei zirka 4000 Einsätzen der alliierten Streitkräfte sollten 50 bis 700 irakische Flugzeuge zerstört worden sein. Ein Ende der Sonderberichterstattung war abzusehen, da feststand, daß dieser Krieg uns nicht erreichte. Zügig sank er auf das Niveau wichtiger Nachrichten. *I hope you come back soon*, nuschelte eine Soldatenbraut im Funk und ließ zur Unterstützung *Pray* von M. C. Hammer spielen. Ich kochte für eine Freundin, die sich bei Protesten erkältet hatte. Gekündigt hatte ich schon. (London Beat machte die Musik zum Augenblick.)

Notiert am Mittwoch, den 23.01., ab zwei Uhr: Bin gegen halb zwölf aus dem Haus und über die Berger Straße zur Konstabler Wache gelaufen. Ein Mannschaftswagen der Polizei stand an einem Aufgang der U-Bahnschächte, dort wo sonst Dealer stehen. Von denen sah ich einige mit den Händen an der Wand in einer Seitenstraße. Wieder verblüffte mich die Aufmachung der Zivilfahnder. Sie geben sich wie Hools aus Hanau, die in Frankfurt die Sau rauslassen wollen. Wer würde ihnen nicht sofort zu überhöhten Preisen Hasch anbieten.

Ich drang zum Römer vor, um nach den Friedensaktivisten zu sehen, die dort ein Camp errichtet hatten, als Protest gegen den Krieg. Die zwanzig, allenfalls dreißig verfrorenen Leute hatten ein Feuer entfacht, das qualmte, aber kaum Wärme abgab. Es wurde Gitarre gespielt, kläglich dazu gesungen. Kaum ein Erwachsener unter ratlosen Kindern. In der linken Hochburg Frankfurt diese armselige Versammlung: die diversen Ästhetikkampagnen der letzten zehn Jahre haben eine Gesellschaft von weinseligen Zombies hervorgebracht. In dieser Stadt ist so wenig Empörung, bei einer unfaßbaren Häufung von Idiosynkrasien.

Den Taxifahrer im Skinstil, der einen Kollegen niederbrüllt, sah ich auf dem Rückweg. Ich kehrte nirgendwo ein, sondern beeilte mich, an die Maschine zu kommen. Ich bin dabei, Teichmanns Aufzeichnungen zu erfassen.

›Eine Bewegung lief durch ihren Körper, der eine Lockerung der Glieder von den Halswirbeln bis zu den Zehen folgte. Während mein Skelett von der Haut abzufallen drohte wie Staub von einem kenternden Spind; so daß es nur noch als eine Frage der Zeit erschien, bis die Haut Falten auf nichts werfen würde. Woran, an wen dachte sie? Nicht an mich, soviel stand fest. Schon schmolz ihre Gestalt auf den Vorhängen. Obwohl ich mich keinen Illusionen hingab, überwand ich den Abstand zwischen uns noch einmal. Ich gab mich geil. Sie ließ mich gewähren. Meine Aktionen war so schwach wie die Empfindung mächtig, beharrlich auf eine sinnlose Weise zu sein. Mein ohnmächtiger Verstand sehnte den Tod ohne Verzögerung herbei. Als sie mir das Messer ihrer Häme bis zum Schaft einrammte, war ich Joy dankbar.

Sie nahm mich mit zu einem semiprivaten Gig der Band. Alle waren smart genug, sich an mir nicht zu stören. Mädchen in zertanzten Ballerinas übten Formationen. Gab Burroughs das Zeichen, schwangen ihre Rümpfe vor und zurück mit der nächsten Order. Wie an Fäden, die in Burroughs Händen zusammenliefen, hoben und senkten sie Arme. So wackelten sie mit den Köpfen.

Joy war schöner als die anderen. Während in den Physiognomien der übrigen die Unterschiede abnahmen, blieb ihre Einzigartigkeit unangetastet. Bald wurde sie nur noch umzuckt. Das hörte auch auf. Nun stand sie allein vor der Band, nun vertraute sie sich, wie zur Probe, für einen Augenblick dem Sound-Gebot an ... mit zwei, drei kleinen Bewegungen. Noch trug sie die Jacke mit dem weißen Lammfellkragen. Sie tanzte schließlich, als sei die Musik in ihr eingeschlossen; als sei sie ein weiteres von der Band gespieltes Instrument.‹

In einem Männerunterhemd saß sie an meinem Schreibtisch, der weiter nichts war als eine Holzplatte auf Böcken. Die Platte war verkratzt und bemalt. Eine Olivetti-Reiseschreibmaschine stand darauf. (Ein Schmuckstück, dessen Prototyp schließlich in einem Darmstädter Museum landete.)

Viel Aufhebens machte Joy um unser höhlenartiges Klo. Das Klofenster war zu öffnen nur mit einer Eisenstange, die in einen Schacht gestoßen wurde. Wir hatten das Klo mit Leuchtfarbe gestrichen. An einer Wand stand *Nichts gegen Frauenbewegungen, nur rhythmisch müssen sie sein.* Das war der Ort, wo vergesellschaftete Comics von Robert Crumb angesehen werden konnten.

Damals war Bücherklau einfach bei Freyschmidt. In den Stehcafés durfte noch geraucht werden. Viele hielten sich für letzte an *I can't get no satisfaction* vor Anker gegangene Rock'n'Roller. Alles andere erschien zu kompliziert. Teichmanns Welt war das nicht. Nie rumpelte er mit einem Bock auf den Bordstein, um die Nummer mit dem breiten Kreuz abzuziehen. (Der Helm wurde am Oberarm getragen, eine Metallbeule mit dem gleichen Signalcharakter wie die Bizeps- und Penisbeulen unter den Kombinationen.)

Teichmann war der Abwartende. Wir fanden ihn unbeweglich bis zum Starrsinn. Man übersah den Prüfungszwang, der ihm gebot, das allgemeine Geplapper auf Gehalt zu untersuchen. Ein exotisches Bemühen.

Er wußte, wie verspätet seine Abwehr des Einfachen war. Solange er bei Kräften war, vertrat er seine Ideen in einem Stehcafé auf der Treppenstraße. Dort kam auch eine Hardcoretruppe aus dem öffentlichen Dienst zusammen. Die Rathausrabauken husteten schon ihren Raucherhusten. Sie haßten Oberschüler. Ausnahmslos in der SPD, bedauerten sie, daß der Arbeitsdienst aus dem Katalog pädagogischer Maßnahmen gestrichen worden war.

Teichmann stand der Sinn nicht nach Verbrüderung und Ekstase, so wie Koller und mir. Er suchte Analogien zu seinen Leidenschaften. Erklärungen für das Ausschließliche, das ihn verkapselte und wegdrückte von der Vernunft und der Nüchternheit, von der er träumte. Ihn beschäftigte die Frage, ob er sich bei etwas Vorübergehendem beobachtete. Er war darauf aus, Anhaltspunkte für den Episodencharakter seiner Musikerlaufbahn zu finden. Was sonst keinem auffiel, bemerkte er: den schlechten Zustand der Zähne bei vielen Musikern über Dreißig. Seine Umsicht traf auf seinen Eskapismus.

Er kam ohne Großartigkeit aus. Jahrelang gab er den Stoiker am Schlagzeug.

Das änderte sich. Ich erinnere einen Auftritt im Café Filou in achtundsiebzig. Das Lokal lag mit der Rückseite zur Stadt. Vor der Front gedieh die Karlsaue. Man sah die Orangerie.

Unser Publikum kannten wir aus der Schule, die für Teichmann vorbei war. Sein Jahrgang war schon auf dem Sprung in die Metropolen. Manche rüsteten für Amerika. Er überraschte alle, indem er seine Unbeweglichkeit aufgab. Sein Spielgesicht zeigte unerwartet starke Regungen. Seine Mimik wiederholte die Anstrengung des Spiels. Wie in dem Gedicht von William Blake hatte sich für ihn eine Tür geöffnet. Das Unumkehrbare manifestierte sich.

Aus Unruhe zwischen Bornheimer Häusern, die im Februar wie eingemottet wirken. Eine Zeile ist mit weitmaschigen Netzen verhangen. Krass ist der Gegensatz zur Sommergemütlichkeit auf den Gassen, in den Schenken. Zugeparkte Gehwege, Hausbrand in der Luft, die aus Kneipen ziehenden Gerüche; immer neue Wellen des Gestanks. Wie Patrouillenboote, die einsamen Autos. Gegen Kälte Vermummte, denen ich begegne. Das ganze Mißtrauen einer dörflichen Bevölkerung fällt mich an. Unterdessen bricht die Stadt ab, und ich sehe auf Seckbach.

Er macht sich an mich heran, so wie man von einer bösen Ahnung beschlichen wird. Nicht ausweichen kann ich dem aufgeschwemmten Geistlichen morgens um fünf in einem christlichen Krankenhaus am Zoo.

»Was suchen Sie?«

»Hilfe«, könnte ich sagen. Ich schweige aber zu meinen Gründe. Hier ist niemand, dem ich etwas zu sagen habe. Gelassen geleitet mich der Fettwanst zur Pforte. Sein Erstaunen ist für alle Zeit aufgebraucht. Ich bin doch nur eine, womöglich an ein Rauschgift verlorene Seele mehr, die unter seinen versunkenen Augen den Stempel menschlicher Erbärmlichkeit vorüberträgt. Immer noch Betrunkene auf den Straßen, auch schon Werktätige, die sich in Kolonnen einreihen. Im Stift zum Heiligen Geist geben asiatische Krankenschwestern freundlich wie Stewardessen Auskunft, während sie pausenlos Verendete in Betten durch gleißend helle Korridore schieben. Ich gerate an einen Arzt, der an seinem Arbeitsplatz von Augenblick zu Augenblick altert, bis er schließlich so schwach wirkt wie die zahnlosen Kadaver, die im Schneckentempo auf Toiletten geschafft werden. Ich stelle mir vor, daß man sie dort der Einfachheit halber gleich killt. Dem Doktor möchte ich ein Gedicht aufsagen. Er ist aber ganz unempfänglich. Für mich kann er nichts tun. Er betreut eine Ambulanz, in die man getragen werden muß. Ich lache über die Freaks in den Kulissen der Spitäler.

Ich überquere den Main. Dauerläufer auf dem Museumsufer. Schleppkähne auf dem Fluß. Wie Eis, die ruhenden Schwäne. Für einen Flohmarkt werden Vorbereitungen getroffen. Männer in Thermojacken bauen Stände auf. Die Jacken verhelfen ihnen zu Stämmigkeit. In der Universitätsklinik treffe ich einen kastrierten Pfleger. Noch nie habe ich solch eine Stimme gehört; wer ernsthaft krank ist, muß zu Tode erschrecken. Seine Begriffsstutzigkeit erkläre ich mir mit Übermüdung. Endlich kapiere ich, daß er ein Standardprogramm formelhafter Sätze abspult, von denen er sich einzubilden scheint, sie paßten zu allem. Wie eine falsch eingestellte Maschine kommt dieser Tropf mir vor. Kein Arzt weit und breit. Ich tröste mich mit Automatenservice. Das Fleischsalatbrötchen mit Ei für einsachtzig ist angegammelt. Verschissene Windeln in Abfallkörben. Vor Müdigkeit und von den Schmerzen anderer Leute ausgelaugte Männer und Frauen ziehen grußlos an mir vorüber. Der Eindruck entsteht, hier würde Wohlfahrt von Bedürftigen, von Abgedrängten betrieben. Ich höre eine Eisenbahn.

Die Stadt kommt zu sich. Motoren werden hochgejagt. Wie ein Gewicht beugt Erschöpfung meinen Nakken. Sie macht dem Panorama schwarze Flecken und mischt darunter, was ich bei Teichmann über gewisse Zustände las. ›Ich unterdrücke den Reflex, die Hände über dem Kopf zusammenzuschlagen und krumm zu verharren, wie ein gehetztes Tier, das zur Statue erstarrt, die Augen seiner Jäger narrt, die es für einen Teil der Landschaft halten.‹

Kurz erscheint eine strapazierte Schwester. Sie hat wahrscheinlich schon Schlimmes erlebt mit unrasierten Männern.

Amerikanische Landschaften wie veritable Träume an grünen Wänden. Plastikstühle, gelb und grün, Linoleum, grau, eine Metallgarderobe. Massenhaft Vorschriften auf Tafeln, für eine deklassierte Klientel. Noch ein paar alte Stühle wie in einem Klassenzimmer. Ein Kindertisch, Schonleisten an den Wänden. Eine raumhohe Gummitopfpflanze. Das unauffällige Markensystem: ziehen Sie eine Nummer, wir rufen Sie dann auf. Ein Wunder, daß überhaupt noch gesiezt wird. Der geringstmögliche Service. Nichts zum Kaputtmachen. Das geringstmögliche Entgegenkommen. Ich habe reichlich Zeit, das alles mir zu merken. Hier ist ein Kranker auch ein Verdächtiger. Sind Sie korrekt versichert? Ein Krankenschein ist unabdingbare Voraussetzung für die Behandlung. Ich erinnere, wie Privatpatienten in der Kasseler Hautklinik am Publikumsverkehr vorbeigeschleust wurden. Hier wird kein Nobler je sitzen. Neun Uhr. Ich suche einen Arzt seit vier Stunden. Vier Tische stehen im Raum. Ein roter Mülleimer. Türen sind aus Stahl. Ein Besteckkasten aus Plastik dient der Aufbewahrung von Fragebögen. Einer kommt, um Müll einzusammeln. Ich schreibe gegen Befürchtungen an. Der Kuli ist eine Gabe von Psoradexan. Hier ist alles mies. Der Krebs der Vernachlässigung wuchert. Zehn. Als hätte man mich in Empfang genommen, Vorhänge auf die Anmeldung gezogen und mich vergessen. Keiner mehr da, alle schon tot. Ab und zu schlagen Türen. Aber schlagende Türen machen mir keine Hoffnung mehr auf Hilfe. Ich kann mir nicht vorstellen, daß an dieser Stelle schon mal jemand geholfen wurde. Das nennt sich Notdienst: diese Abstellkammer für die Verletzten des Lebens.

Das verkommenste Haus der Scheidswaldstraße liegt wie in Scham abgerückt hinter einem anderen, am Kopf einer mit Gerümpel verstellten Gasse. Das Gelände zwischen den Gebäuden gibt einer Fantasie mit Barrikaden, ausgebrannten Panzern und in der Sonne verwesenden Leichen Nahrung. Dort kann freiwillig niemand leben. Das ist ein Paradies für Ratten, für Menschen eine Zumutung, wie zweifellos auch die Menschen, die sich dorthin zurückgezogen haben, eine Zumutung für die übrigen sein müssen. So empfinde ich, als ich das Haus entdecke, und erst später, als ich für die Nacht in einem geschützten Winkel Quartier mache, fällt mir ein, womöglich an meinem zukünftigen Wohnsitz vorbeigekommen zu sein. Die Nacht nimmt der Frühlingsnähe des vorangegangenen Tages wenig, ich schlafe auf Pappe nicht schlecht. Ein verrückter Traum entläßt mich aus meinen Verhältnissen; der Morgen kommt wie ein Tritt in die Leiste. Ich halte ein Taxi an.

Ich bin unterwegs, ich triumphiere. Ein Lokal auf der Schweizer Straße nimmt mich auf, seine Passagiere sehen erwartungsvoll in die Kamera. Ich lasse den Film laufen, sage ich. Ihr sollt euch nicht extra zurechtsetzen. Meine Freunde winken, damit ich sie unterscheide von bloßen Köpfen zirka soundso viel Zentimeter über dem Damast. Ich weiß, im Bereich der Rauchsignale sind Münder. Üble Musik wird verbreitet: Jazz mit dem Hammer. Ein Boot mit dieser Musik kann nur untergehen. So selbstzufrieden, daß ich ihm die Kippe verkehrt in den Hals schieben möchte, leitet Koller die Konferenz. Den Hoffnungsträger der Geophysik, rechts neben ihm, kennen wir von der Schule. Er war eben in Brasilien und fährt gleich nach Berlin. Er hat lange Haare und trägt einen Marinepullover. Ich riskiere keinen Blick auf seine

Schuhe. An Schaufeln gewöhnte Hände liegen auf dem Tisch. Sowas habe ich lange nicht mehr gesehen. Er gibt den besonnenen Expeditionsleiter, er kennt den Weg. Jederzeit könnte er Koller und mich, die wir blaß und vorwitzig, auch tückisch, am Frankfurter Kunsthonig kleben, loseisen. Ich erzähle von dem Typen, der bei mir anrief, um in Erfahrung zu bringen, wo man Socken kaufen kann, die definitiv *out of race* sind. Indes fällt Ratlosigkeit wie ein dicker Haufen auf uns, und in einem Augenblick sind wir einig im Erstaunen, und das Fremde neben uns tritt in dieser Eigenschaft auch in Erscheinung.

Der Geophysiker muß zum Bahnhof.

Warum lästerst du nicht? Worauf wird Rücksicht genommen? Bevor wir wieder angeben und auftrumpfen können, müssen wir zweimal die Wirtschaft wechseln und Bier trinken, bis wir uns auf den Wegen zu den Aborten nur noch abwechseln. Die Pisse steht in Lachen unter den Sohlen, während der ungetrübte Teil meines Bewußtseins Kollers routinierten Jubel aus dem Schankraum nach Informationen durchmustert. Jemand mischt sich ein. Ich nehme die Dame in Augenschein. Einiges an ihr steuert der Auflösung entgegen. Ihr Zustand entspricht nicht mehr dem üblichen Derangierungsgrad dieser Stunde vor Ort. Wir verständigen uns, an Koller vorbei. Nach einem engelsgleichen Anfang, sagt sie vertrauensvoll, wurde ich Direktorin. Sie drängt: Nun bin ich betrunken. Ich beruhige sie mit meiner Ernsthaftigkeit. Die lasse ich sie spüren, wie man eine geriebene Kundin Stoff fühlen läßt. Sie weiß dann schon alles. Die Probandin ergibt sich der Schwerkraft. Sie kippt unter Gelächter. Ein Kellner spritzt aus der Wand, hinter der überzähliges Personal kauert.

Ich erkenne eine junge Frau, im letzten stern-Programmheft war ein Porträt über sie. Am Mantel ihres Begleiters steckt ein Button, ich fasse es nicht. Das Paar kommt an den Tresen. Jetzt weiß jeder, daß er hier richtig ist. Der Raum wird gleich heller. Ein Lächeln sorgt dafür, das zu spontanen Heiratsanträgen verleitet. Natürlich hat man sie erwartet.

Eigentlich wollte ich nur ein Haus am Allerheiligentor fotografieren, an dem ich die Merkwürdigkeit einer Verbindung von orientalischer Ornamentik und deutschem Fachwerk entdeckte. Wie ein Sahnehäubchen auf Kakao sitzt das Fachwerk auf einem Gründerzeitklotz mit islamischem Putz.

Vor dem Haus ist eine Kreuzung. Von der Battonstraße fließt ihr Verkehr zu. Ein arabisches Geschäft für Korbkram und Amphoren liegt hier.

Gegenüber findest du Kiosk und Kebabbude … das Frühstückscafé und den Münzhandel. Dann kommt schon die neue Mauer vom Jüdischen Friedhof. Allerheiligenstraße heißt die Adresse der Hausbewohner auf der anderen Seite. Den deutschen Kaufmann bindet vermutlich bloß noch Heimatliebe an seinen Platz … werde gelegentlich mit ihm reden. Das Arrangement der Waren entspricht dem Basar-Prinzip, nachdem die Nachbarschaft alles sortiert.

Den kleinen Trottoir-Erpressungen und Härteauftritten enteile ich mit der Miene eines Ahnungslosen. Wie Anlagerungen an etwas Massivem, Unverrückbarem, überwölbt die Immigration das Puffgebiet der Breite Gasse, die auf die Allerheiligenstraße zuläuft.

Bei jedem Wetter kannst du beobachten, wie die ethnischen Gruppen sich separieren, obgleich räumliche Distanz kaum herzustellen ist. Man spürt den Dampf im Kessel steigen. Die durchlässigsten Stellen sind türkische und arabische Gemüseläden. Die gastronomische Dependance der schwarzen Afrikaner ist das Blue Nile. Mit der letzten Zuzugswelle landeten Osteuropäer in der Altstadt. Auf Anhieb, sozusagen ohne Integrationsvorlauf, teilen sie mit genug Deutschen die Verachtung für seit dreißig Jahren ansässige Nicht-Europäer und deren Sprößlinge. Die Halbwüchsigen streifen durch die Straßen, Verirrte auf Lebenszeit.

Das Milchgesicht pißt an die Mauer mit den Namen. Die stehen auf Eisenklötzchen, mal sehen, ob eins abgeht. Steine liegen darauf. Keine Ahnung bedrängt den Knirps, wozu die Namen auf der Mauer gut sein sollen. Jenny Sommer hieß jemand, der vor hundert Jahren und zwei Wochen geboren wurde. Schau an! Eine Rose verwittert im Frost. Der treibt den Rotz aus der Nase, schniefen reicht nicht. Noch schnell eine fette Aule dem Steinfeld anvertraut, das hier unter den Sohlen knirscht, dann wird Leine gezogen.

Ein Himmel, der zu Gottesfurcht anhält, drückt das Quartier zwischen Battonstraße und Zeil. Bezähmte Größenfantasien stecken in der Architektur der Stadtwerke, die den äußersten Punkt eines Reviers markieren, dessen Zentrum die Allerheiligenstraße ist. Eine heimliche Diagonale verbindet den Arkadenbau am Börneplatz mit dem Herzzentrum an der Zeil, dort wo ausgebaute Bauchläden bildbestimmend sind. Orientalische Kaufleute, die ihre Termine auf den Fahrplan der Linie Elf abgestimmt haben und in illegalen Geschäften unterwegs sind, frieren an der nächsten Haltestelle. Meine Aufmerksamkeit ist ihnen ein Dorn im Auge.

Der jüdische Friedhof schneidet einen unbedrängten Raum aus dem Verkehr auf der Battonstraße. Einst weideten Ochsen darauf und ›brüllten in der Nacht so entsetzlich, daß die Ruhe der Nachbaren ... gestört wurde‹. Heinrich Heine wußte das als Gerücht von seinem Vater, der ›liebe Doktor Börne‹ bestätigte es ihm. Den Dichter aus Düsseldorf ›sahen ... in der That die Häuser jener Straße ... an, als wollten sie mir betrübliche Geschichten erzählen‹. Wer in die Judengasse gehörte, hatte dort zu bleiben, weil sich sonst jedermann ›durch das Tabakrauchen der haufenweise sich herumtreibenden Judenhorden belästigt‹ fühlen müsse, so die Abschmetterung einer Eingabe von 1769.

Man muß essen und trinken. In einem Gemüseladen auf der Klingerstraße, die von der Battonstraße über die Allerheiligenstraße zur Zeil führt, sind auch Videokassetten erhältlich. Gerade keine Kinder sind in der Kindertagesstätte gegenüber. »Adi, schaffste was?« erkundigt sich einer quer über die Gasse.

Eine Pensionistin verschnauft hart an der Wand. Sie will keinem im Weg stehen, vorsichtshalber. Wenn sie umgenietet wird, ihretwegen aus Versehen, kommt sie bestimmt nie mehr auf die Füße. Unter einem Tuch verbirgt züchtig sein Gesicht: ein Mädchen in Bomberjacke. Der Jetztzeit entfremdet erscheint Herrn Rabsahls Kolonialwarenladen auf der Allerheiligenstraße. »Zu freundlichen Preisen« bietet der Kaufmann »mundgerechte Häppchen«. Er hat schon angeboten, als »Museumsdirektor« den Touristen gewesene Verhältnisse auseinanderzusetzen. Das Geschäft existiert »seit nach dem Kriege«. Das Viertel kauft dort ein, »froh, eine deutsche Stimme zu hören«. – »Ich halte die Stellung«, verspricht Herr Rabsahl. Er weiß genau, was man ihm einmal nachsagen wird: »Er war der letzte.« Deutsche Einzelhändler weit und breit.

Lauter letzte Mohikaner sehen ihre Felle davonschwimmen. Die Rankiine der Eingesessenen entäußert ein Wispern hinter antiken Stores.

Wieviel Mühe sich Leute mit Topfpflanzen geben, und dann gehen sie doch ein. »Das Nachtleben wird immer weniger«, behauptet eine, die als Tänzerin im »Crazy 66« ihre große Zeit hatte. Der Wirtschafter (vor dreißig Jahren aus Stuttgart eingewandert) vom Bordell daneben, nimmt erstmal Maß: ob mit mir der Ärger kommt. Seine Figur überzeugt den Fachmann, schmale Schultern, kleine Hände, aber Popeyes Unterarme und eine zerklüftete Nase. Umsichtig schenkt er sich Apfelwein ein, gießt Sprudel zu. Immer die Ruhe. Um ihn zucken Freizeit-Hechte aus der Abteilung »heut feiert das Büro«, großspurig, so als sei das was, Geld im Puff abzugeben. Ich trinke Hütchen, vollkommen auf der Höhe.

»Neu-Ägypten« hieß bis vor ein paar hundert Jahren die nächste Ecke, das paßt heute hier. Das städtische Kerngebiet wurde von der Ursprungsbevölkerung weitgehend aufgegeben. Zugezogene Minderheiten tragen diverse Verdrängungswettbewerbe untereinander aus. Der International Phone Call, ein Laden mit Glasfront zur Allerheiligenstraße, offeriert den billigsten Draht in die asiatische Heimat junger Frauen auf Plastikstühlen. Man sieht, daß sie Warten gelernt haben. Kein Aufhebens um die eigene Person. Niemals.

Das 1. Polizeirevier ist auf der Albusstraße, einer Zeilparallele, der die Breite Gasse ein Ende setzt. Als die Dinge noch rund liefen und das Milieu eine deutsche Domäne war (mit Huren, die Heike hießen, und Luden namens Ossi), galt die Breite Gasse als Herzstück der Gegend. Streifzüge durch die Frankfurter Nacht zeitigen in den anliegenden Puffmaschinen immer noch Höhepunkte. Der vierzehnjährige Peter »Hamlet« Kuper »wußte, daß in der Breitegass die Mädchen stehen ... Also ich hatte achtzig Mark gespart.« Auch wenn der riskante Glanz einer stolzen ersten Linie der Kneipenphalanx (auf der Allerheiligenstraße), namentlich Die Sonne von Mexiko, Neue Welt und Bongo-Bar, nur noch in der Literatur schimmert, lungern an den benachbarten Theken noch genug Typen, die für das Personal der Peter-Kurzeck-Romane Vorbilder abgeben könnten ... »im Morgengrauen die Breite Gass' hat sich herumgewälzt.« Urweltvisagen entdecke ich neben gebrannten Kindern über Fünfzig. Abgetakelte und Wetterfeste stehen an, allerhand Fachmänner und lebenskluge Frauen. »Renate, möchteste noch ä Schöppche?« Mancher scheint am Tresen festgewachsen. »Lieber nen Bauch vom Saufen als nen Buckel vom Arbeiten«, sagt mir einer, und dann erfahre ich die Geschichte von den Rabattmarken. Als nach dem Krieg der Bordellbetrieb in zerschlagenen Häusern wieder zu rattern begann, finanzierten Familienväter und Jungesellen ihre Ausflüge ins Leben mit vollgeklebten Rabattmarkenheftchen. Die Mädchen akzeptierten diese Währung. Sie brachten die Lappen dem nächsten Kaufmann. Herr Rabsahl hat ihn noch gekannt.

Wer hier anzutreffen ist, hält sich mit Schauen nicht auf. Der kennt in einer Sprache, die Deutsche verstehen, womöglich nur das Wort Job, das er so zu betonen weiß, daß es wie eine Frage klingt. Seine mit den Verhältnissen vertrauteren Kollegen trinken Export an Wasserhäuschen. Jeder sagt: »Ich bin Malocher.«

Von der Hanauer Landstraße geht die Honsellbrücke Richtung Offenbach ab. Sie überspannt den Main. In Stein geschlagene, schon lange schwarz verwitterte Raubtierdarstellungen schmücken sie.

Ich stehe auf der Brücke. Ich sehe den Fernmeldeturm, den Messeturm, den Dom vorm Römer, den Henninger Turm am Sachsenhäuser Berg und den Goetheturm, der aus dem Stadtwald ragt. Die Großmarkthalle an der Hanauer Landstraße schneidet den Monumenten des Frankfurter Wohlstandes die Rümpfe ab. Nur die Spitzen überragen den Bauch der Stadt.

Hinter dem Fernmeldeturm schwimmt die Taunuskuppe im Dunst. Die Ansicht gleicht einem grünen Bogen unter Milchglas. Darunter erstreckt sich eine vom Ziegelrot der Dächer gezogene Linie, von Baumkronen wie beleckt. Wo die Bäume stehen, erscheinen sie weniger üppig und ausladend als von meiner Warte.

Schwenk nach links. Vor der Großmarkthalle verläuft eine Bahnlinie. Sie hat eine eigene Brücke mit drei Bögen: geschwungenes Eisen. Aufragende Streben vergittern Sachsenhausen. Davor wird ein Schauspiel aus Metall, Rost und Steinen aufgeführt. Von diesem Schrott-Spektakel sehe ich nur die Gipfel. Überragt wird die Demonstration des Aufgerissenen und Auseinandergebogenen von Kränen auf massiven Hochstrecken. Das sind himmelwärts ragende Metallskelette, hinter denen der Henninger Turm steht. Dazwischen fließt der Main, und darüber schluckt das Grün des Stadtwaldes alles.

Eine Viertelstunde lang entdecke ich keinen Menschen auf der Brücke, bloß Autos. Dann rollt ein Radfahrer vorüber. Etwas später schlendert gemächlich matt ein Jeansmädchen mit nußbraunem Pferdeschwanz heran.

Ich wandere weiter. Von meinem nächsten Standpunkt erkennt man von der Eisenbahnbrücke nicht mehr viel. Der Verkehr ist rege. Bis zum Gürtel nackte Männer gehen das Programm der Verlierer durch.

Dies ist Hafengebiet, beherrscht von Mannesmann und Thyssen. Überall sind Baustellen: in Gruben versenktes Metallenvironment. Viel Angefangenes liegt neben endgültig Aufgegebenem. Ruhendes Eisen, wohin man schaut. Unruhige Blicke, die mir gelten: dem Mann, der alles aufschreibt.

Rindswurst essende Teenager legen eine Spur, die aus der Industrie-Öde hinausführt. Ich folge ihnen zum Osthafenplatz, direkt an der Hanauer Landstraße. In dem geschützten Bezirk einer gastronomisch kultivierten Abstellzone sitzen Leute unter Sonnenschirmen. Sie sind Bürosphären entwichen. Wie ein Ruheraum im Autoverkehr wirkt jede Stelle, wo gegessen wird. Die hellen Fensterreihen des Mannesmann-Hauses, auf das ich schaue, schaffen zum Braun der Verkleidung einen Kontrast, den ich mit einem Foto festhalten möchte. Das ist ein ungewöhnliches Braun. In der Sonne leuchtet es wie Ölschlieren.

Die Angestellten erheben sich plötzlich, um an ihre Schreibtische zurückzukehren; Abgehärtete, die den wie mit riesigen Umwälzpumpen aufgewirbelten Straßenstaub schon länger nicht mehr als Störung empfinden. Allein ihre gereizten Schleimhäute geben Auskunft über den hohen Streßgrad, dem sie das Laissez-faire der Gewöhnung entgegensetzen.

Aus meiner Perspektive gewinnt die Hanauer Landstraße den Charakter einer Allee, durch die in aller Gemütlichkeit eine Straßenbahn rumpelt. Zwei außergewöhnliche Beispiele für Nasen-Piercing suchen Zuflucht im Schatten der Sonnenschirme. Sie bestellen Bier mit Cola und zünden sich sofort extralange Marlboros an.

Überall wird Standfestigkeit vorgeführt.

An der nächsten Ecke liegt eine Metzgerei mit Tradition und anhaltendem Zulauf. Über der Glaswand des Verkaufsraums steht Gref-Völsings Rindswurst seit 1894. Wer das lieber mag, kann sich, gleich daneben, auch was Italienisches in der Pizzeria Adria holen.

Kioske flankieren die beiden Krippen. In so viel Verköstigungsmöglichkeiten auf wenig Raum steckt ein Geheimnis, das niemand allein mit dem Hunger der Werktätigen erklären sollte. Diese Eßplätze haben etwas von Hinterzimmer-Kirchen. Dem Menschen scheint Gutes auch in einem höheren Sinn zu passieren, wenn der Wurstsaft über die Ufer seiner Lippen tritt, um aufs Kinn zu schießen.

Die Fleischesser drücken ihre Nasen an die Scheibe. Das Derbe dominiert, gleich, ob mit Krawatte oder im Overall. Wie sonst nur in gewissen Äpfelwein-Schenken werden bei Gref-Völsing die Klassenunterschiede zugunsten der Geschmacksfrage entschieden. Eine Reihe wild geparkter Taxis verrät, wo Chauffeure einkehren. Unversehens staut sich der Verkehr zu einem alten Eagles-Hit aus dem Autoradio: *Hotel California.*

Der Zutritt zum Osthafen ist reglementiert. Die Wasserschutzpolizei residiert in einem schäbigen Flachbau.

Verödetes Areal ... die Honsellbrücke, nun aus der Ferne. Kiesberge auf der anderen Mainseite. Brandmauern, vor denen kniehoch Abfall steht. Speicher, Kräne, riesige leere Parkplätze, vereinzelt donnernde Lastwagen. Lufthansa-Maschinen überfliegen die Wüste in der Warteschleife. Ein Mann balanciert auf dem Ausleger eines Krans. Ein Mercedes brettert vorbei. Gedanklich siedelt man das alles in der Illegalität an. Ich bemerke einen toten Vogel, angefressen. Ich setze mich auf den geplatzten Beton einer Laderampe und höre Klogeräusche über mir.

Hier ist nur die Architektur groß, der Mensch erscheint als Außenseiter. Kaum jemand unterwegs. Ich entdecke Behälter, die wie Ampullen auf Stangen ankern; Eisenbahnschienen, die in Gestrüpp zu enden scheinen; stehengebliebene Waggons. Ich registriere liegengebliebenes Werkzeug, Elektroschrott, auf Dauer abgestellte LKW-Hänger, Türme aus verrotteten Kanistern, stillgelegte Förderbänder, eine skelettierte Hollywood-Schaukel, eine rasende Maus; Schmetterlinge vor aufschießendem Unkraut. Ein Arbeiter nähert sich drohend.

Ich passiere eine enorme Strecke rostenden Eisens, Schrott über Kilometer. Ich komme vorbei an aufgegebenen und ausgeräumten Hallen, wo ich die stinkenden Reste allernotdürftigster Lagerstätten finde und massenhaft leere Bierdosen. Ausgerechnet in dieser leergetretenen Industrielandschaft kriegt man eine Ahnung von den vorgeschichtlichen Bedingungen des Humanen.

Fenster sind immer eingeschlagen. Der Bruch stellt sich dem Betrachter als eine Serie bizarrer Muster in schmutzblindem Glas dar.

In einem von Weiden bestandenen Winkel zwischen den eingemauerten Ufern eines Altarms des Mains dümpeln kleine Yachten. Zum Hintergrund gehören ein paar an ihren Flaggenbäumen erschlaffte Fahnen. Hier liegt ein algengrüner Teich in einem Rund aus Bäumen, hinter denen Dächer drohen. Wenig kündigt das Idyll an. Wie in aller Heimlichkeit betritt man es von einem Hohlweg. Die Eigentümlichkeit des Schwedler Sees offenbart sich dem, der ihn ungenutzt, vielleicht an einem Novembertag betrachtet, wenn das Wetter und der Verkehr die Luft in ein Grau tauchen, aus dem es kein Entrinnen zu geben scheint. Dann wirkt die von Industrie gekeilte Anlage wie aus der Gegenwart gerückt. Ob die rotweißen Bauten, in denen der »Erste Frankfurter Schwimmclub« sich organisiert, karibisch, italienisch oder skandinavisch anmuten, hängt am Licht. Beständiger ist die Assoziation mit einer obsoleten russischen Sommerfrische wie bei Tschechow. Eine füllige junge Frau in einem Kittel wie aus einem Versandhaus-Katalog um 1960 verkauft mir eine Flasche Römer Pils. Zum Wechselgeld bekomme ich einen unerwartet freundlichen Blick gratis.

Ich kehre in den Industrieraum zurück. Jetzt erscheint er mir feindlicher als der Mond. Baustellenfahrzeuge schleifen Dreckfahnen durch die Straßen. Der Asphalt ist an jeder Ecke aufgebrochen. Neben zahllosen Firmengebäuden mit weitläufigen Höfen, einer ungeregelten – vom eigenwilligen Um- und Ausbauen der Häuser beherrschten – Gegend, finde ich immer wieder Wohnungen der Armen. Deren Behelfscharakter offenbaren irregulär an Fensterrahmen montierte Parabolantennen und die praktisch auf dem Bordstein trocknende Wäsche. Allein ein kleiner Lebensmittelladen bietet den Trost, der im Konsum liegt. Der Besitzer heißt Joachim Gabler. Currywurst gibts und Cheeseburger, Gott sei Dank.

Wieder gelange ich an den Main. Ein Bus hält vor einem Schild mit der Aufschrift Staustufe Ost. Ein Tanzbetrieb: der tagsüber wie in einer Erschöpfungsdepression daniederliegende Veranstaltungsort ist von Reklame umstellt. Ich gehe in einen Biergarten am Ufer, wo ich sehe, wie ein Schwan blitzartig seine Notdurft absondert. Ein mannshoher Gartenzwerg grüßt in der Lieblingspose der Exibitionisten, nackt unter dem aufgerissenen Mantel. Ein paar Bäume schaffen die Illusion von Naturnähe.

Ich bin durstig, der Schwan schlägt mit den Flügeln. Wieder kommt einer, um die Frage loszuwerden: »Was machst du da?«

Ich schreibe auf, was ich sehe. Was sonst könnte ich tun?

Einige ältere Jungen reden fachmännisch übers Boxen. Eine früh Verblühte dreht ein Kippchen, setzt es in Brand und reicht die Tüte demütig einem hagerathletischen Knaben von fünfundvierzig, der vor Mineralwasser sitzt und bald mit einem Spezi, Typ: gewalttätiger Laufbursche, eine Ecke aufsucht; wo man sich bespricht. Das Mädchen ist ansehnlich. Der Stich ins Verkommene paßt.

Das Café gehört einer Düsseldorferin mit libanesischer Mutter. Ihr Freund ist ein hager-hakennasiger Virilitätsbolzen aus Bosnien. Stundenlang schüttet er Geld in Automaten. Manchmal spielt er Gitarre, singt dazu. Er steht auf Schmalz. Zu seinen Landsleuten scheint er Abstand zu halten, ich sehe ihn immer nur mit türkischen Müslitypen, die halbe Tage im Café seiner Liebsten zubringen und in der Gegend wohnen. Interessanter als diesen soften Jugo im Leib eines Eisenfressers finde ich ein Paar, das auch jeden Tag kommt und erst geht, wenn abgeschlossen wird. Sie ist das selbstbewußte Pummelchen, einssechzig in Schuhen, kess, kameradschaftlich, korrekt. Er ist kaum größer, ein blonder Befehlshaber, scharf und mutig von Geburt an; von der lebenslangen Langeweile der Schwindelfreien wie flachgetreten. Solche Knaben gibts in jedem Kiez nur einmal. Jeder möchte ihnen gehorchen, die Muskelverbrecher hängen an ihren Lippen. Dieser ist für eine Bande schon zu alt, und auch sonst hält sich seine Geselligkeit in den engen Grenzen kurzer Witzgefechte.

Keine Ahnung, wovon das Paar lebt. Es hat aber Geld genug, um täglich im Café zu saufen. Darum dreht sichs im Leben der beiden. Und es ist nicht so, daß sie ihm zuliebe mithält oder nur bei jeder zweiten Bestellung einsteigt. Ihr Tempo bestimmt die Trinkgeschwindigkeit am Tisch.

Sie verstehen sich prächtig in ihrer randvollen Gleichgültigkeit einer Welt gegenüber, in der nichts ihre Aufmerksamkeit erzwingt. Sie sind echte Partner und brauchen sonst keinen, nur noch etwas belebte Kulisse. Die liefert das Café. King Kong könnte dort durch die Tür kommen oder Sharon Stone, sie würden bloß synchron die Schultern heben, und vielleicht könnte einer sich dazu aufraffen zu fragen: »Was soll jetzt der Scheiß.«

Tagsüber ins Café, mich gelangweilt. Das soll ein Freizeitgipfel gewesen sein: in einem öffentlichen Raum zu sitzen, der Willkür und Parteilichkeit einer Kellnerin preisgegeben. Wägende Blicke, kalkuliertes Reden. Notorische Lächler. Gelächter, wie splitterndes Porzellan. Kuchen in der illuminierten Glasvitrine, auf der Fingerabdrücke zu sehen sind. Putzmittel neben der H-Milch für den Schaum auf dem Kaffee. Die Scheuerbürste liegt bei den kleinen Löffeln. Daß dir das früher nie aufgefallen ist, der Schmutz, die Unachtsamkeit, das Dominanzrepertoire. Die beiläufige Vernichtung des Alleinsitzenden mit Extradosen Kommunikation in allen fröhlichen Runden. Ein Selbstherrlichkeitsfestival ist das, dem ich nicht lange beiwohne.

Beim Rausgehen gedacht: daß mancher in der Siedlung meiner Kindheit aushäusiges Essen nur bei Bilka sich erlaubte. Man ging auf der Königsstraße spazieren, weil das billiger war als Kino, aber genauso interessant.

Zwei alte Frauen unterhalten sich auf der Straße. Ihre mit Kosmetik abgedeckten Züge sind angespannt von maskierter Feindseligkeit. Ein Leben lang führen sie ihre Aggressivität an der kurzen Leine eines leutseligen Gebarens. Wie dicht Lachen beim Zähnefletschen liegt.

Eine ist Hundebesitzerin. Eine Decke schützt das Tier vor Kälte. Solche, die Natur düpierende Fürsorge weist wie eine Spur in die abseitigen Reviere der Pudelfrisöre, auch das eine Terra incognita. Die redenden Frauen stehen so, daß sie einen Mann betrachten müssen, der auf Asphalt sitzt, nicht bettelnd, sondern lagernd. Ich will das jetzt nicht ausmalen, wir kennen die Szene. Kalt bis ans Herz, denke ich, sind diese Frauen mit dem verpackten Hund, daß sie ihr Gespräch, den alten Streit, angesichts eines Penners vorantreiben können.

Geld auf der Treppe – ich erkenne das am Schritt. Es ist auch eine Frau unter unverschämt gutaussehenden Männern, die den Stuhl, auf dem sie sitzen soll, nicht erst zurechtrücken. Sie kichert, was sonst, da sie überhaupt nicht zur Geltung kommt in ihrem kastanienfarbenen Kostüm. Der blonde Aufbau, vom Wind geprüft, hat gelitten. Die Männer sind so begabt, daß sie nicht reden können. Mühelos sind sie zum Kern der Dinge vorgestoßen. Jetzt wird berichtet. Das ist ein Schweigen, in das Lachen fällt. Weil die Leute bedient werden von einem, dessen Hemd seine Zwitterstellung zwischen gebotenem und in Anspruch genommenem Service veröffentlicht, können sie ihre Jacken nicht ausziehen.

Das Stübchen heißt nach einem Bier. In dieser Einfallslosigkeit könnte ein Hinweis darauf versteckt sein, daß dort nur ein Nebengeschäft stattfindet. Vielleicht ist das Stübchen eine Rinne für Geld aus breiteren Kanälen, als Trinkerlaunen sie eröffnen. Es sieht so aus, als habe es sich selbst einst der Hausse des Wiederaufbaus wie eine Kleinigkeit abgeschwatzt, und als sei es seither nur einmal noch, nach einer rohen Skizze, auf einen neueren Stand gehoben worden, dem später eine Musiktruhe und zwei Spielautomaten nachgetragen wurden.

Obwohl das Stübchen an einer Ecke liegt, wo die meisten Geschäfte mit Laufkundschaft gemacht werden, gerät kaum einer zufällig an seinen Tresen. Dafür sorgt der erste Blick auf die Stammgäste. Die ausschenkenden Frauen sind auch anderweitig engagiert und dort nur zur Erholung. Noch in Stoßzeiten haben sie selten mehr als ein knappes Dutzend Gäste zu versorgen.

Am vorläufigen Ende eines schmutziggrauen Frankfurter Sonntags, zu der Stunde, da das bürgerliche Deutschland die Kaffeetafeln erreicht, sind es fünf. Am deutlichsten sieht man einen kolossalen Sachsen vor Wodka. Er sitzt mit dem Rücken zur Wand und einer Aussicht auf die Straße. Das blaßblaue Strahlenkreuz auf seinem linken Unterarm ist eine primitive Arbeit, Knastwerk vermutlich. Seine schmucklose Aufmachung verrät Ehrgeizlosigkeit, wenn nicht Antriebsschwäche. Bestenfalls ist er Türsteher, keinesfalls Zuhälter. Er würfelt mit der Bedienung, einem in die Jahre gekommenen steilen Zahn. Neben mir trinkt Onkel Horst, ein Berliner Spruchmeister, heute im Trachtenanzug. Er ist seit vierundfünfzig in Frankfurt. Sein Geld verdient er redlich, der Suff zermürbt ihn langsamer als viele. An dem Tisch vor den Klos schlägt ein Paar die Zeit tot. Der Mann ist klein und singt deutsche Tanzbudenlieder, sehnsuchtsvoll, mit professionellem Schmelz. Die Frau ist Afrikanerin. Ruhig sitzt sie dem Sänger zur Seite.

Der unterbricht sich, um Nachschub zu ordern. Das weitere folgt daraus, daß sich die Frau hinter der Theke verhört und deshalb ein Bier anzapft, anstatt den bestellten Baileys zu servieren. Der kleine Sänger wundert sich bald laut darüber, wie lange er vor einem leeren Glas sitzen muß. Der Bedienung paßt sein Ton nicht. Sie reagiert rüde. Von der eigenen Stimme angefeuert, steigert sie sich zügig in ein Verachtungstremolo hinein. Aus einem unbegreiflichen Impetus verlangt sie, daß der Sänger das Bier annimmt. Er fragt unbeholfen: »Warum bist du so frech zu mir?«

Wut und Wurstigkeit liegen mit wechselndem Gewicht auf der Waage seiner Empfindungen. Er ist schon auf dem Weg zur Tür, seine Freundin aber noch auf dem Klo, als er den letzten Anlauf nimmt, herauszufinden, wieso er brüskiert wurde. Die Antwort verleitet ihn zu einer Androhung von Schlägen.

Nun ist für den Sachsen das Maß voll. Einfallslos spielt er die Karte seiner Physis. Sie hat ihm schon allerhand Erfolgserlebnisse verschafft, er ist von triumphaler Zuversicht. Der Sänger reicht ihm auch bloß bis zur Brust. Tapfer zuckt der Kleine mit den Achseln: »Was willst du?«

Er wird gepackt und gegen einen Automaten geworfen. Der Sachse kommt gleich hinterher und rennt in eine Faust. Er schüttelt die Schlagwirkung ab und verwickelt seinen Gegner in eine untechnische Auseinandersetzung, zunächst mit dem Ziel, ihn in einen Schwitzkasten zu klemmen. Das gelingt nicht. Der Kleine entwindet sich fortwährend, das sieht aus wie ein archaisches Tänzchen.

In der zweiten Kampfphase versucht der Sachse, dem Sänger den Schädel auf der Theke weichzuklopfen. Die Sache scheint bald entschieden. Ich bestelle das nächste Bier. Onkel Horst setzt zur Auswertung an. Plötzlich entweicht der kleine Sänger dem unmittelbaren Zugriff seines übermächtigen Kontrahenten, schnappt einen Hocker und knallt ihn dem Sachsen aufs Haupt. Das reicht nicht, der Mann hat die Konstitution eines Ochsen. Er ist auch schon wieder dabei, den Kleinen zu beuteln, als der einen Aschenbecher aus Glas in die Finger kriegt und ohne zu zögern auf dem Sachsenschädel zertrümmert. Der Sachse schwankt, er ist leicht betäubt.

Der kleine Sänger verabschiedet sich als Sieger. Die Afrikanerin bespricht mit der Bedienung die Zukunft.

Und während die Bedienung mit Klopapier Blut stillt, urteilt Onkel Horst in aller Seelenruhe: »Jeder findet seinen Meister. Dir ist er eben begegnet.«
Im Affenhaus herrscht Ruhe. Ein weiblicher Mantelpavian liegt bäuchlings vor dem Gitter. Dahinter halten sich zwei Weibchen, innig und regungslos. In einer Ecke schmust ein Männchen, dessen Kopfputz an eine geglättete Einfach-Ausführung der Löwenmähne denken läßt, mit einer, die ihre Stirn auf seiner Brust entspannt. Plötzlich schießt ein Winzling, der vorher nicht zu sehen war, aus der Trutzburg dieser Umarmung. Kahl wirkt er, trotz vollständiger Behaarung. In seiner Putzigkeit gibt er ein Beispiel für die Wirkung des Kindchenschemas.

Wie ein Sinnbild der Trauer: ein ruhender Siamang.

Vier aus den Baumkronen eines Regenwaldes gefallene Geoffroys-Klammeraffen bilden ein Fellknäuel. Ihre Augen sind blau, die Brüste hell. Die Köpfchen stecken zwischen den Knien. Ihre Arme umschließen die Knöchel. Die Schwänze rahmen die Füße. Mäuse sausen über die Futterinseln auf dem Käfigboden. Ein Geoffroy hebt das Haupt. Sein Interesse, an was auch immer, erlischt aber sofort. Ein Solist beansprucht den höchsten Punkt des Klettergerüsts. Um dort zu dösen.

Wie ein als Tier verkleideter kleiner Mensch wirkt der jüngste Gorilla. Einer Artgenossin tappt er ungestraft ins Gesicht. Er setzt sich und kaut Pappe. Später zieht er mit den Zähnen Rinde von einem Ast. Das sieht aus, als spiele er Querflöte. Die Betrachter sind still vor Erstaunen über das solide Familienleben der Gefangenen. Indem jeder für sich seine Vergleiche zieht, wird er zugleich der eigenen Angebundenheit gewahr. Hier scheint es nur Eingeschlossene zu geben. Von der Gruppe separiert, ruht ein mächtiger Silberrücken. Seine Handflächen gleichen schwarzen Lackbeuteln. Manchmal hebt er die Lider, so langsam, als sei das im Prinzip schon zuviel, und mißt die Beobachter mit einem Ausdruck äußerster, man möchte sagen, ganz und gar menschlicher Verständnislosigkeit.

Im nächsten Käfig führt ein hagerer Orang-Utan die Hand an den Nacken und zaust sich ein wenig. Wie in einer letzten Anwandlung jugendlichen Trotzes, denke ich, daß ich mit ihm leichter Freund sein könnte als mit den meisten Menschen. Auf eine Wiese voller Flamingos fällt Regen. Die Natur als Seidenmalerin. Grau ist die durchfädelte Luft, tiefgrün die nasse Wiese und überirdisch rosa die stelzenden Vögel darauf.

Mit Licht markiert der Sommer den Verschwender. Die Euphorie spekuliert auf den Gassen. Die Stadt berührt sich selbst. Versunken bis zur Unansprechbarkeit ist die alte Träumerin im Spiel mit ihren vertikalen und horizontalen Gliedern: den schlanken Anordnungen. Alles streckt und formiert sich, auch eine gelbe Staffel aus Kranauslegern. Giraffenhäupter, die blaue Blätter vom Himmel zupfen. Flugzeuge malen darüber Mittelstreifen. Zerschlagenes darunter. Geborstene Rohre. Wie vor einer verlassenen Bühne sitze ich vor der ruhenden Baustelle. Mit ihren rohen Aufbauten und unterirdischen Stufungen gleicht sie einer Arena. Theater könnten einmal so aussehen, falls man nicht auf Baustellen inszeniert. Man hat hier ein Hallenbad ruiniert, es bis auf die tragenden Teile ausgenommen, um den Rest als architektonische Hommage einem Hilton einzuverleiben. Eine Ahnung der Hotelgestalt kündigt sich in Grobem und Gröbstem an.

In ihrem Maschinenschlaf erscheinen die roten Erdbeweger wie abgetretene Reptilien. Große und noch größere Eisenkiefer liegen als Ersatzgebisse bereit. Fette

Kabelpythons komplettieren die Feierabend-Installation.

Zwischen mir und dem Steinskelett wächst ein Rosenstock mit vier Knospen in den oberen Verzweigungen am Draht eines Rahmens, dessen fügsame Konstruktion das monumentale Thema der Stadtbadruine variiert. Das sind Systeme, die aufeinander reagieren. Überall wird der Blick von solchen Gittern gerastert. Strebengeometrie.

Die Metalle wispern. Auf Baustoffen tanzt der Dreck. Eine Menge Eisen rostet so vor sich hin. Auf der angegriffenen Erde liegen Wegbohlen als Erinnerung an die Grundlosigkeit des Bodens noch vor vier Wochen. Das ist ja auch eine Welt der Einheimischen, der kleinen Leute aus dem Umland. Gemütlicher Eigenheimbesitzer bei Groß-Gerau. Solider Mundartvirtuose an Schlagbohrern im Rohbau. Bedächtig an Schaufeln Gelehnter. Zielgenauer LKW-Rückwärtsfahrer. Draußen zu arbeiten mag für sie einmal die wichtigste Forderung ans Berufsleben gewesen sein.

Gebändigter Vorwitz im Schwung blanker Dachträger. Notpfeiler stützen sie ebenso wie die ursprünglichen, ihrer Zierden unberaubten Säulen: angekratzt, wo die Verbindung zum Fundament unterbrochen wurde. Wo das Becken war, ist ein Loch. Das Dach gehört heute den Tauben, die auf den Müllsaum der Baustelle scheißen. Schwarzweiße Flecken neben den beim Betonmischen entstandenen grauweißen Unachtsamkeitsinseln, Siegeln aus Übergeschwapptem.

Krähen segeln durch die Hitze. Ein Strohhut wird von einem Frauenkopf ins Bild getragen. Mir fällt ein, daß die Kriegsversehrtenarmee der Einarmigen und Prothesenträger, der schiefen Onkel und ewig Verdatterten für immer abgerückt ist.

Gesäße rollen vorüber. Mit Caprice. Jeder Schritt ein Sprengversuch der Stoffe. Wie bei einem Kahn mit Schlagseite scheinen sich die leichteren Elemente der Baustelle unter dem Gewicht der gegen die Bretterzaun-Einfriedung drängenden Bruchbude zu heben. Wind will unter den Plastikrock, der eine Betonsäule kleidet, und legt dem Pudel die Ohren an, der gerade den Schauplatz im Fahrradkorb passiert.

Eine Tendenz, die in einem Block aufscheint, wird vom nächsten schon wieder aufgehoben. An Ecken flackert Wohlstand auf. Eine gewisse Unentschiedenheit spricht aus den Dingen, aus den Vorgängen dieser Straße, deren Parteien sich voreinander verschließen.

Manchmal paßt er seine Preise den finanziellen Möglichkeiten der Kunden an. Mit einem Blick erfaßt Hakan die entsprechenden Spielräume. Seit Jahr und Tag steht er mit seinem Gemüse vor der Zoo-Passage. Aus einem U-Bahnschacht strömen die Verbraucher. Auch Straßenbahnen halten quasi vor der Auslage. Sie führen dem türkischen Gemüsefachmann Kundschaft zu. Dazu gehören Leute, die bloß einen Apfel brauchen, den sie mit Kennermiene aus dem Angebot fischen, am Ärmel kurz polieren, um dann, wie in einem Spot für Mundhygiene, ihre Zähne ins Fruchtfleisch zu schlagen. Andere haben für große Familien einzukaufen und schleppen Harkans 1-B-Gemüse tütenweise davon. Zwecklos: das Bizarre an den Einkaufssituationen und ihren Protagonisten herauszustellen. Was anderenorts pittoresk erscheinen könnte, gehört im Ostend zum Alltag. Allenfalls die nüchtern-solide Normalität der aufs Land ausgewichenen, in Frankfurt nur noch werktätigen, einheimischen Familienväter bekommt hier die Chance aufzufallen.

Jede Lebensäußerung wird gedeckt von echter und vorgetäuschter Gleichgültigkeit der übrigen. Man geht einfach vorbei. – An den im Windfang der Passage kauernden Trinkern, die ihre Gesichter vor jedem Blick mit notorischer Abgewandtheit schützen. – An den von Fremdheit und Zurückweisung wie gestauchten, in ihrer zeltartigen Kleidung regelrecht verborgenen Orientalinnen. An dieser Schnittstelle, zwischen robuster Selbstbehauptung in einem andauernden Verdrängungswettbewerb und den durchgängig alkoholgesättigten Emanationen des Scheiterns, erscheint Harkan in seiner unwahrscheinlichen Menschenfreundlichkeit gleichermaßen närrisch und weise. Er besteht ohne Härte. Die hünenhaften Jünglinge aus dem ehemaligen Jugoslawien lassen sich von der Mildheit des Händlers ebenso entwaffnen wie die jungen deutschen Malocher, die grimmig ihren Feierabend antreten. Wenn Harkan eine Empfehlung ausspricht, stimmen sie zu. Dem Talent zur Versöhnung steht Naivität zur Seite. So wähnt er sich neben einer Hauptverkehrsstraße an der frischen Luft. Er nennt dies einen Vorzug seiner Arbeit. Nur in den kältesten Wintertagen verliert er seine Gemütlichkeit. Dann fängt sich der Wind in dem unbeheizbaren Verschlag, und die durch den grauen Frost Eilenden nehmen aus den Augenwinkeln eine sich selbst umarmende Jammergestalt wahr.

G. konnte enthusiastisch sein, war aber oft unfroh wie ein Betrogener, der schon weiß, daß es für ihn keine Entschädigung geben wird. Er lebte mit einem zähen Widerwillen gegen unverrückbare Tatsachen wie miese Musik in Gaststätten. Sein lebhaftestes Interesse galt Wirtschaftsdingen, Börsenfuck: großen Bewegungen, die über sein Leben hinausgingen. In Teebuden voller

Sperrmüll analysierte er den Weltmarkt und kam zu den gleichen straighten Ergebnissen wie die Strategen in der Skyline.

Er lächelt nur nachts, um sein Glück zu verbergen. Tagsüber gibt er sich mürrisch wie alle, immer bereit auszuspucken. Mit zugezogener Visage kommt er an dir vorbei.
Für den Nachtlächler ist die Stadt nur Kulisse seines Selbstgesprächs. Bei jedem Wetter trägt er ein Hütchen mit schlapper Krempe. Manchmal dient ihm eine Düse als Vase für eine geklaute Nelke ... an Blumen riechen / im Gras baden / in Wäldern singen ... Seine Kötze läßt ihn aussehen wie vor Traurigkeit schwanger. Er sagt dir: »Knast is was an'eres als wie Kirmes.«

Am Rand verkrallt, in die Büsche gekackt: Ronald kommt es so vor, als jagten Wolken heute schneller als sonst über den Abendbrand. Der Mann ist auf Trebe im siebten Jahr. Das war ein Gang durch viele Städte und einige Länder. Lange schon hält sein Blick nichts mehr fest. Ein wegwerfendes Lachen für alles im Vorüberstreichen.

Ronald kann manches nicht mehr kontrollieren: die Lautstärke seiner Stimme etwa und was die Arme machen. In der Aufregung umjubeln sie den Indianerkopf.

Dieser Mann kennt die Nebenwege und Hintereingänge, vermooste Ecken der Barmherzigkeit. Das ist ein anderes Land, von dem er berichtet, ein fernes Deutschland, in dem Nonnen, Streiter der Heilsarmee und wohltätige Hausfrauen eine merkwürdige Adressenliste abgeben.

Ich treffe ihn im Gleisgewirr am Ostbahnhof. Ein ICE rauscht heran. Auf der Rückseite der Bürohäuser, Lagerhallen und Fabriken entlang der Hanauer Landstraße kleben Wohncontainer. Aus entplombten Hydranten schießt Wasser.

Wie Rimbaud kam er lebensmüde nach Nordafrika. Eine Welt trennte Isaac von den bombastischen Träumen und dem unüberwindbaren Phlegma der marokkanischen Asphaltliteraten, die seine Gesellschaft suchten. Er war ein später Sproß der nach New York abzweigenden Diaspora. Das Kind hatte man auf den Scherben einer zerschmetterten Kultur gebettet. Ein ironischer Wellenreiter auf dem Schaum des Grauens war der Vater. Bei ihm trug das schlechte Gewissen eines Geretteten die Narrenkappe. Der Sohn kam damit nicht klar. Er türmte in die Türkei. Im Winter landete er in Istanbul. Isaac erlebte die Stadt im Kriminebel, vor Kälte starr. Er traf ein amerikanisches Paar. Beide hatten ihren Verstand weitgehend aufgeraucht. Das Orientdesaster ganzer Generationen schien ihnen wie eine Erbkrankheit in den Knochen zu stecken. Nun wuselten sie nur noch durch ein Revier aus Rauschgelegenheiten, den Blick stur auf die Dreckrinnen gerichtet. Ihre Fallhöhe war schmerzfrei. Dennoch konnten sie zuzeiten pompöse Spötter markieren; während Isaac immer den im Selbsthaß siedenden Versager gab. Gemeinsam reiste man nach Tanger. Bald teilte Isaac mit den Burroughs die Unlust an der Nüchternheit. An einem Tag waren sie Schriftsteller, am nächsten wollten sie eine Band gründen, deren Name auf ein Gedicht von William Blake zurückgehen sollte, wie später bei den Doors. Die verwirrenden Manieren dieser halbirren Möchtegernartisten störten und belebten eine Szene, die eine tribalistische Seite besaß. Als die Edelabteilung des anglo-amerikanischen Beatnik-Stammes nach Europa aufbrach, schlossen sich die

Burroughs an. Issac blieb mit einem schweren Drogenproblem zurück. Er meisterte es und wurde Professor. Ich höre den Anfang der Geschichte unter einer Dusche im Panoramabad an der Inheidener Straße.

Isaac schwimmt täglich. Er ist der Windjackentyp, mit retro-schickem Judokämpferappeal, fix und zackig. »Die Ähnlichkeit mit deinem Vater ist überwältigend«, sagt er. »In eurer Familie sind die Gene arrogant ... Diese Überheblichkeit des Leibes, zu dem ein unbezwingbares Bewußtsein aufschließt, als etwas Besseres auf der Welt zu sein.«

Ein Schiff wird kommen ... eine Schwemme wie ein Narrenschiff, nein, wie ein zerschlagenes Puppenhaus, das ist der Kühle Grund. Darin interessiert keinen, was wie mit großen Kellen aus den Töpfen des Aktuellen ausgegeben wird. Man lagert vor der Theke, ohne abgelegt zu haben. Ab und zu erweitert jemand den Kreis. Eine Familie könnte so zusammen kommen, deren Angehörige zu vollkommener Übereinstimmung gelangt sind.

Manch einer wirkt so, als habe er sich selbst im Lokal vergessen. Kein Ventilationshauch bewegt die Rauchsäulen, die über den Häuptern kommunizieren. Die Einrichtung ist hell und nicht so verschrammt wie die Gäste mit ihren in der Presse eines übellaunigen Schicksals zerdrückten Gesichtern. Ungerührt verrührt ein grandios verwitterter Alter Schnaps mit Kondensmilch zu etwas, das sein Magen nicht sofort abweist. Zu Anfeindungen gegenüber den Zaungästen fehlt diesem Publikum die Kraft. Zu matt ist es, um sich auch nur zu wundern über die sportlichen Amerikaner an einem von zwei Tischen in ihrem Raum. Wir sind Gestrandete unter lauter Angekommenen.

Ein einsamer Zecher wechselt vom Tisch am Fenster an den Tresen. Der Wirt empfängt ihn gefühlvoll: »Noch ein Bier?« Dem Trinker treibt die Dankbarkeit für soviel Fürsorge Schweiß auf die Stirn. Er setzt zum Sprechen an und hört sofort wieder damit auf. Der Wirt beobachtet diese Anstrengung verständnisvoll. Erst als feststeht, daß sein Gast stumm bleiben wird, wendet er sich anderen Aufgaben zu.

Die Wettervorhersage war falsch. Das für den Nachmittag angekündigte Gewitter findet nicht statt. Auf den großen Straßen bricht der Feierabendverkehr unter einem aufgeräumten Himmel zusammen. Unter Markisen lagern Hitzeflüchtlinge. Auf harten Metallstühlen versuchen sie bequem zu sitzen. Die Büromappen lehnen an Tischbeinen. Die Bedienungen sind so nackt wie möglich.

Auf dem Bürgersteig erörtern Mädchen ihre Lust auf Eis. In der heißen Luft erscheinen die Umrisse ihrer Körper in einer Art molekularem Fluß, während die über den Bordstein auf die Straße geworfenen Schatten scharf gezeichnet sind. Ich vergleiche die Mädchen mit Angie, die neben mir an einem Cynar nippt. Ich unterdrücke den Wunsch, noch was zu bestellen, weil ich mich nicht noch einmal an die zickige Bedienung wenden will.

Zu den Mädchen kommt einer auf Rollschuhen, geschoren: brandneuer Stil. Die Mädchen begrüßen ihn emphatisch. Ich lausche den hohen Stimmen und denke Vogelflugstimmen.

Angestachelt von der eigenen Grobheit, wirft der Sportler die silbenrunden Wortkörperchen der Hochsprache einer Mundart zum Fraß vor. Seine, ich glaube fränkische Rede gleicht einem Fräsen und Pflügen. Ein wuchtiger Passant fühlt sich herausgefordert, äußert Unmut. Die Mädchen entgegnen synchron: »Das Pfund, mit dem Sie wuchern, nennt man Übergewicht.«

Das Bordsteinensemble wechselt den Schauplatz. Das nächste Café liegt nur zwei Schritte weiter und liefert das Publikum für die nächste Aufführung.

Ich werde schläfrig. Angie will Eis, ich soll bestellen, worauf ich Lust habe. Ich greife nach der versiegelten Karte. Auf dem Kunststoff fängt meine Hand sofort an zu schwitzen.

Blick ins Gedränge, keine Einzelheiten. Angie durchmaß einen Querschnitt der Typen, anspannungslos, unaufmerksam. Soldaten, Asiaten. Kauernde Inderinnen mit Kastenmalen auf der Stirn, im Zentrum erschreckter Familien. Für Sekunden bildete sich vor der Reisenden eine geschlossene Formation in Gestalt eines von den Kuppelstreben des Bahnhofs bis zum Boden reichenden Menschenschwammes. Das Bild zerfiel. Flutbewegungen an den Rändern.

Das Sexgeschäft auf der Kaiserstraße war in einem Verdrängungsprozeß schon unterlegen, der dem ambitionierten Mittelstand eine Bresche in die Gegend geschlagen hatte. Rückzugsgefechte an den Ecken. Noch teilten sich diese Plattform die einen mit den anderen, wie zur Demonstration einer spannungsreichen Koexistenz. Aber die Sieger standen fest. Aus dem straßenzuglangen Gebäude der Commerzbank kamen leitende Angestellte, frisch, wie nach einer Dusche. Sie hoben kurz die Schultern, strichen Jacken glatt, halb gedeckt von der Macht, der sie dienten. Ein Strauß hergerichteter Schöpfe. Es schien, als empfänden sie ihren Aufenthalt im Freien als Zumutung, der sie sich endlich mit Resignation ergaben.

Unterdessen kam der Verkehr auf der Neuen Mainzer Straße zum Erliegen. Angie wollte Sekt trinken. Im Bereich zwischen Hauptwache und Theaterplatz standen Buden. Unter Markisen saß eine elegante Feierabendgesellschaft. Eine Countryband sorgte für Krach im Hintergrund. Unwillkürlich fühlte sie sich herabgesetzt. Auf dem Laufsteg zwischen den ambulanten Theken kam es zu Umarmungen. Brünstigkeit trieb den Leuten Schweiß auf die Haut. Aus dem Gerät durchziehender Jungen wummerte Massive Attack. Sofort nahm Angie den Rhythmus auf.

Abgebrochene Fingernägel unter bröckelndem Lack: Angie lächelte, um zu zeigen, daß sie die farbige Bedienung wahrnahm. Die Mulattin war verständnislos, abweisend.

»Halbärsche«, sagte einer. Mit dem Zeigefinger zielte er auf Leute, krümmte den Finger wie um einen Abzugsbügel. Der Mann war fertig, schäbige Schuhe, konnte niemanden interessieren, schluckte Bier auf Bier. Angie hielt ihn für einen Verirrten, dessen angestammte Piste jene Armutskorridore waren, die durch Frankfurt führen. Sie verpaßte aber ihre Chance, den Einschwörungen des Angeschwemmten zu entgehen. In den alten, hohl gewordenen Bewältigungsformeln mit ihrem Zuckerguß aus Emphase und Zynismus ergaben sich verwirrende Echoräume, deren Nachhall aus der Intimität dieser zufälligen Zwiesprache wirkungslos austrat.

Angie wollte sich nicht lächerlich machen, eine Anstrengung des Gesichts. Betrunken genug, endgültig alles abzuschütteln, was ihm an Reserve geblieben war, schnippte ihr Peiniger seine Kippe auf den Rost der Zapfanlage. Der Wirt wollte mit dem Säufer kurzen Prozeß machen. Er war dazu auch der Rechte, vollblütig, offensichtlich leicht entflammbar. Er kam hinter seiner Theke hervor, warf die Schürze ab. Angie trat beiseite. Unentschlossen stand sie vor Reklame, den Zugängen zur U-Bahn, zu Kaufhäusern, Kinos, Restaurants. Wie sie sich auch wandte, immer das gleiche Bild, durchflutete Öffnungen, ein erschöpfender Auszug des Ganzen.

Erfolglosigkeit ist so sinnlos. Angie fließt zwischen Türstehern hindurch, besticht in einer halben Drehung, um zu sehen, ob ihre Leute es auch geschafft haben. Da sind wir, und obwohl Wolf mehr Geld verdient als ich, fließt aus mir der Eintritt. Die dicke Mama Cash will das so. Ich bin bei diesem Spiel (immer noch) ein bis zum Anschlag gutgelaunter Nur-erste-Gewinnchancen-Kasper. Wie man sich auch wendet, ich kenne den Dreh, daraus Knete zu ziehen oder ein LebensStück fürs LebensPuzzle, das man sich am besten wie rohes Fleisch im Dreck der Käfige vorstellt. Wolf zählt zur Avantgarde der Comiczeichner. Von den Wirkungen einer Wachstumsbranche unvorbereitet getroffen, will ihm gar nicht in den Kopf, was er sich jetzt alles leisten kann. Er führt sich auf, als habe er bis zum Erfolg Geld nicht gekannt. Mit den aufwendigen Gesten der Stripcharaktere veröffentlicht er seine Verwirrung. Sieht man ihn von der Seite an, wird offenbar, daß er sich bei *seiner* Figur selbst Modell gestanden hat. Und natürlich hilft ihm diese Figur im Leben. Er redet wie sie, aus tausend Blasen, schnell, in einer die Aufhebung vieler Satzzeichen erzwingenden Sprache. Nun steht er im Begriff seine Schwester anzuknabbern, spitze Zähne sagen es ihr: dich anzuschauen ist süß, wieviel süßer muß es sein, dich zu beißen. Er hat so vieles hinter sich gelassen. Wenn er vor der Brust die Jacke rafft, erkennt jeder gleich den Könner.

Wir tanzen. Was für die Jüngeren Arbeit ist, soll uns wirklich amüsieren. Das ist auch hart, und Angie leidet am meisten. Was heißt Pausenaufsicht auf englisch, fragt sie, als wir vom Tanzen ermattet und mit den Aussichten auf Kopfschmerzen dem Römer entgegenstreben; Wolf zwei Meter vor uns, ein kurioses Schlenkerwesen. Ich umschreibe Pausenaufsicht, und gemeinsam sagen wir ihm auf englisch, wie Angie sich im Club vorkam. Ich fühle mich alt. Alle sind jünger als ich und haben reiche Eltern.

Wolf lacht ohne Unterbrechung. Alles wird gut, nein, alles ist schon gut ... Angies miserables Englisch, so verkommen wie ein Jahre nicht beachtetes Gebiß. Ruinös. Wir sind bis auf die Knochen blamiert, wenn uns zu dieser Nacht nicht mehr einfallen sollte, beschwört sie mich.

Mit dem Gesäß auf den Fersen kniet Angie auf meinem Bett. Eine Sensation dieses Anblicks rührt daher, daß ich ihren Körper schon kannte, als er noch im Wachstum war. Ich erinnere das schmale Becken, die schmalen Arme; ihre Haut spannte über den Schlüsselbeinen. Ich war von der Fragilität ihrer Schulterblätter begeistert. Eine angedeutete Muskelprägung, die sich von den Waden aufwärts bis zu der Stelle erstreckte, wo ihr Becken den Beinen ein Ende macht. Die leichte Krümmung ihres Rückgrats, der sie entgegenzuwirken versuchte; als hätte sie mir eine Haltung vorzuführen.

Aus einer Kiste holte sie ein Album. War das ihre Art, mich ins Vertrauen zu ziehen? Auf einem Foto sah ich sie in der Brandung stehen. »Das ist der Wolf«, sagte sie von einem schlappen Jungen im Liegestuhl. Es waren auch Fotos von ihrer Mutter als Mädchen im Album. Während Angie im Bad war, kontrollierte ich die Bücher, die auf einer in Hüfthöhe horizontal zu einem Stützbalken montierten Bohle lagen. Die Konstruktion wies auf einen Mauerdurchbruch. Kein Schrank stand im Raum, kein Tisch ... Bände einer Gottfried-Keller-Gesamtausgabe, zwei Brechttitel. Ich las die Namen und brachte die Geduld nicht auf, auch noch die Titel zu lesen.

Private Räume ohne eine nennenswerte Anzahl Bücher habe ich immer als verödet empfunden. Mit der Dürftigkeit ihrer Umgebung versöhnte mich Angie, indem sie mir ihr Tagebuch überließ. Sie schrieb nur über sich, über Gefühle, die Liebhaber und Freundinnen in ihr aufbrachten. Sich mitzuteilen, ob ein Ereignis sie in gute oder schlechte Stimmung versetzt hatte, war eine Lieblingsbeschäftigung.

»Du mußt dich beeilen«, sage ich. »Es ist halb elf.«

Angie hat eine Verabredung zum Brunch im Interconti und weiß nicht, was sie anziehen soll. Sie schüttet Gin auf den Teppich, der Verzweiflung nahe. Das Paar in der Wohnung über uns setzt sich zur Musik von Phil Collins unter Drogen. Er ist Maler, sie Galeristin. Manchmal stellen sie Szenen aus Justine nach und laden dazu Gäste ein.

Als Wolf klingelt, ist Angie über die Auswahl der Unterwäsche noch nicht hinaus. Kreischend zeigt sie sich dem lieben Wolf, der auch anerkennend mit der Zunge schnalzt.

»Was möchtest du trinken?« frage ich. Er hebt die Schultern, »Tee, vielleicht?«

»Wir haben keinen Tee.«

Er nimmt Mineralwasser, stellt sich mit dem Glas auf den Balkon. »Was machen meine Neffen?«

»Was geht mich das an?«

Angie rauscht an, einen Riesenhut auf. »Himmlisch, euch Jungens zuzuhören.«

Ich bringe die beiden zum Fahrstuhl. »Stell mir nichts an«, sagt Angie, und wir lachen zu dritt. Die Fahrstuhltür schließt sich. Ich besteige den Heimtrainer, um etwas zu schwitzen.

Der Tag gehört mir. Nach dem Essen wird Angie mit Wolf auf die Rennbahn gehen, zwo Mille verzocken und sich dabei einen Nervenkitzel einbilden, den sie gar nicht empfinden kann. Ich mache Klimmzüge.

Koller ruft an und fragt, ob ich runterkommen möchte.

»In Ordnung«, sage ich, »wer ist dabei?«

Er nennt Namen aus der Musikbranche. Ich bin auf die Groupies gespannt.

»Ich mach dich alle, ich bring dich um«, schreit der Maler am offenen Fenster. Von seiner Sklavin hört man nichts mehr. Sie ist viel älter als er. Ich sah sie in einer Talkshow, wo sie den Maler als großes Talent hinstellte, ich konnte es gar nicht fassen. Er pißt auf die Leinwände.

Koller und seine Freunde warten in Autos, einem roten Porsche und einem weißen Benzcabrio mit einem Armaturenbrett aus Mahagoni.

»Schöne Autos«, sage ich.

Der Mercedesfahrer heißt Sven Nullenmann und ist auch Produzent.

»Gegenwärtig laufen zwei seiner Titel in den amerikanischen Top-Onehundred«, moderiert Koller. Nullenmann macht auf Marlon Brando als junger Mann. Diese Ambivalenz von Nachlässigkeit und Betonung. Sein Stil ist überzeichnet, wie bei einem Tänzer, der den Boxer markiert.

Koller stellt mich den anderen vor, vier Mädchen sind dabei, das älteste wird neunzehn sein.

»Geil, dich kennenzulernen«, sagt der Fachmann am Porschesteuer, der gerade auf die aktuelle Nummer von Marianne Rosenberg abfährt. Das sieht so aus, als würde er sich von der Sitzschale pimpern lassen.

Die Begrüßung ist abgeschlossen, ich steige zu zwei Mädchen in einer Kenzowolke auf die Mercedesrückbank. Sie nehmen mich in die Mitte und drücken sofort ihre warmen Schenkel gegen meine.

»Ach, sind wir lustig«, sagt Koller, der neben Nullenmann sitzt, schon etwas bösartig. Er zieht einen Flachmann, läßt die Mädchen daran riechen. Sie sind großartig, ganz zarte Unschuldslämmer in leichten Kleidern. Sie haben was von der unverzüglichen Liebesbereitschaft als Stewardessen verkleideter Odalisken. Du mußt sie nur ansehen, um zu wissen, welches die Farben dieses Sommers sind.

»Ihr seid so süß«, sage ich und kriege dafür einen Luftkuß von links, und rechts werde ich tatsächlich am Hals geküßt. Das ist ein Rauschen und Knistern, ich muß mich richtig zusammenreißen.

»Wer hat den Stoff?« fragt Nullenmann plötzlich ganz bieder. Scheint ihm nicht zu passen, wie gut ich ankomme.

»Immer mit der Ruhe«, entgegnet Koller und gibt eine kurze Vorstellung von dem *Sinisteren*, irgendwas zwischen Kinski und Billy Idol.

Wir stehen an einer Ampel, jeder starrt ins Auto.

Nullenmann ist erkannt worden. Er setzt eine Pilotensonnenbrille auf. Die Ampel schaltet um, es geht weiter. Wir cruisen eine halbe Stunde und parken dann vor dem Taunuseck in der zweiten Reihe. Im Lokal belegen wir den Tisch am Fenster. Man sieht Pisser und Stürzer, Hütchenspieler, Leute vor Liveshows, den ganzen Verkehr. Die Grillhühner sind Brandleichen. Der Ätzgeruch eines Putzgiftes lastet auf dem Kaschemmenmief. Ein im Adrenalinrausch dampfender Spielothekenganeff verlangt laufend Heiermänner von der Bedienung. Ihr Geduldsfaden ist so kurz wie eine abgefackelte Lunte. Die beiden verstehen sich.

Der dritte im Bund der Musikschaffenden synchronisiert nebenbei einen amerikanischen Schauspieler. Die Mädchen sitzen auf seinem Schoß und locken immer neue Sätze aus ihm heraus, um die Stimme zu hören, mit der er von der Leinwand spricht. Hart arbeitende

Frauen, die am Tresen eine Pfefferminzteepause eingelegt haben, rutschen von Hockern und wollen Autogramme. Die anderen Prominenten sind eingeschnappt und schmeißen aus lauter Verdruß, hier zweite Geige spielen zu müssen, Geld in einen Automaten, ohne Sinn für das Spiel.

Koller zieht mich aus dem Auflauf an die Theke. »Das sind Wahnsinnige«, erklärt er.

»Warum hast du dich dann mit ihm eingelassen?« frage ich.

»Du kannst Fragen stellen«, antwortet Koller, weil er das selbst nicht mehr weiß.

Vor dem weißen Mercedes stehen Grüne. Einer diktiert das Nummernschild, der andere schreibts auf.

»Klasse«, sagt Koller. Er ist jetzt knatschig, und in dieser Stimmung ertrage ich ihn nicht. Als er rausgeht, um mit den Beamten Streit anzufangen, setze ich mich ab. Ich laufe nach Hause, hole mein Rad vom Balkon und fahre am Main entlang nach Schwanheim auf die Wiesen.

Hinter Schwanheim liegt der Flughafen wie eine geplatzte Betonblase im Wald. Seine Versorgungsstränge schneiden geometrische Muster aus der niedergedrückten Landschaft. Entlaubte Bäume, staubiges Gestrüpp: alles verkrüppelt. Ich lausche dem von zahllosen Motoren als Geräuschsumme erzeugten Rauschen in der Luft. Ein Pulk atemloser Mountainbiker bremst neben mir hart ab, die Männer mustern anerkennend mein Rad, und dann sehen wir gemeinsam eine Boeing der Delta Airlines einschweben.

Angie kommt von der Rennbahn. Ich habe den Mac angeworfen und einen alten Text aufgerufen, ihr gefällt, mich beim Schreiben anzutreffen. Sie will, daß ich meine Aufzeichnungen publiziere … Burroughs Aufzeichnungen.

»Wie war der Tag für dich?« fragt sie versonnen. »Du hast mir so gefehlt.«

Ich versiegele ihren Mund mit der Hand. »Wie wars bei dir?«

Angie kann mit meiner Hand auf dem Mund nicht antworten. Keine Musik, dafür ein furioser Himmel. Mainbrücken schwimmen im Rot, man kann bis Offenbach sehen. Ich weiß, daß die Fassade meines Hauses jetzt glüht und schimmert wie Stahl im Hochofen. Über den Monitor laufen Buchstaben in Kolonnen.

Angie gibt kleine Wohligkeitslaute von sich. An ihren entgleisten Zügen erkenne ich, wie nah sie dem Katzenjammer ist. Sie sinkt zwischen Magazine auf das Laminat. Wie oft habe ich mir beim Leben schon zugesehen. Dazu Videocliprhabarber.

Ich kehre zum Bildschirm zurück und lese: ›Weit entfernt vom Purismus seiner schriftstellerischen Hoch-Zeit stand Beckett unter dem Einfluß von Joyce, als er im Sommer 1932 seine in Kassel gewonnenen Eindrücke in »Dream of fair *to middling* women« verwertete.‹

Neuer Tag. Ich putze und sauge. Im Radio ist von Kinderpornographie die Rede. Später werden Behörden wachgeküßt. Der Sprecher will, daß ich meine Probleme mit der kommunalen Verwaltung melde. »Wenn man ihren Vorgang verschleppt, sie in einer Angelegenheit wieder und wieder vertröstet.«

Angie meldet sich telefonisch vom Friseur. Weil ich Angst habe, daß mein Rad geklaut wird, gehe ich zu Fuß einkaufen. Im Penny ist nur eine Kasse besetzt, belagert von einer knurrenden Meute. Die Kassiererin ist jung und rosig. Weil sie den Preis für eine Büchse nicht weiß, steht sie auf und ruft um Hilfe. Die wird ihr verweigert, als wünschten die finsteren Kollegen im hinteren Teil des Ladens, eine Verzögerung an der Kasse könnte den immerwährenden Unmut der Kundschaft zur Raserei steigern (und im Exzeß könnte die Kleine gefressen werden).

Ein Baum auf der Kaiserstraße. Mit Abstand betrachtet, fördert die Relation seines Anblicks zum Vergnügen des Lichts an der Architektur eine Illusion von städtischem Behagen. Der Distanzverlust macht wieder alles klar, am Stamm steht der Kot, auf der Rinde fuseln Zerstörer. Der Schatten, den der Baum wirft, definiert einen Platz. Gerade liegt er unter einem leerstehenden Haus von großbürgerlichem Zuschnitt. Seine Entkernung steht bevor. Verrottungstendenzen spielen Triumphator über die vormalige Herrlichkeit. Dem freien Zutritt ist ein Riegel vorgeschoben. Zur Illustration des allgemeinen Niedergangs zerfallen davor Rosen zu Dreck.

Kameras registrieren die humanen Durchmärsche. Die Sonne fängt das Gold auf Männern mit Blutrachefressen. Jedes Paar Arme ist ein Kreuz vor einer in Plastik gepackten Brust. Der Marlboroqualm steigt von der Hand am Herzen auf. Gedrungen wie Ringer wirken die Häuser des Viertels im Vergleich zu den leptosomen Speichern, die sie überragen.

Auf der Zeil treffe ich einen, der aus Kassel kommt. Er war mal Lehrer an einer Reformschule, hatte für die Rangen aber keine Nerven. Er ist Valiumjunkie, sieht aber aus wie Gene Hackman … ein schwitzender Bulle im Hawaiihemd.

Er zeigt wasserpralle Plastikbeutel, in denen Krebse dümpeln. Das Abendessen. Er beklagt die Herrschsucht seiner Frau.

Zu Hause lege ich Lammkoteletts in Öl ein. Ich kontrolliere die TV-Programme. Am längsten verweile ich bei Sport- und Musikdarbietungen. Dann schalte ich ab, weil ich tagsüber nicht fernsehen will. Jetzt könnte ich schwimmen gehen.

Koller ist nicht in der Repräsentanz, einem Glaskasten an der Hanauer Landstraße. Dort sitzen vorläufig nur die Sekretärinnen, drei Gogo-Girls vor Monitoren, und Martha. Sie wird Anfang Dreißig sein, eine gebildete Frau mit dem Pech, daß in ihrer Gegenwart beinahe jeder zum Kasper wird. Indem Martha die Nasenflügel bläht, deutet sie einen Gruß an. Unbeugsamkeit hat ihr ein Gesicht gemacht, das die Spielarten der Nachsicht und des Wohlwollens nur wie Verachtung ausdrücken kann. Ihre Tüchtigkeit bedrückt mich. Ich setze mich auf ihren Schreibtisch und versinke im Anblick ihrer wolkigen Titten. Wie Stangen eine Leine spannen Niedertracht und Spott ihre Lippen. Martha erzähle ich ohne Not: »Während wir durch Kassel tobten, vermaß Teichmann die Stadt Quadratmeter um Quatratmeter. Häuserzeilen wurden notiert, Straßenzüge aufgezeichnet. Indem er sich klein und immer kleiner machte, ohne je der Versuchung zu erliegen, mit einer abgezirkelten Wendung Licht auf sich zu werfen, sich dabei der donnernden Arglosigkeit der anderen ausliefernd, verschaffte Teichmann seinem Gegenstand einen angemessenen Ausdruck. Kassel konnte sich vom Zweiten Weltkrieg lang nicht erholen. Die geografische Lage der Stadt hatte sie von vielem abgeschnitten, was in der übrigen Republik den Wohlstand beförderte; in die Region wurde zuwenig investiert. Davon eine Folge war die Versenkung Kassels in die fünfziger Jahre. Ereignisse, die anderswo zuerst stattfanden, wurden bei uns mit

Verspätung nachgespielt. In unserer Jugend glich die Stadt einem Museum voller Kopien. Deshalb funktionierte das Rockding auch so wunderbar.«

Das ist alles nicht wahr, soweit es Teichmann betrifft. Der hat nämlich, genau wie Angie, immer nur über sich geschrieben, über seine Malaise mit Frauen, die damals noch Mädchen waren, und den Ärger mit der Psyche.

Koller kreuzt auf. Er zieht mich in die Konferenzbox, legt sich auf den Tisch. Durch Glieder der Jalousien bricht Licht in Streifen und rippt die Einrichtung.

»Was brauchst du?«

Meine Antwort geht im Alarm der Telefone unter.

»Niemand redet gern mit Subalternen«, erklärt Koller in einer Pause zwischen T-Talks, wie er telefonieren nennt. Er bringt es, nebenbei zu berichten, was ich am Sonntag verpaßt habe: eine Orgie in Friedberg. Von seinen Erinnerungen gekitzelt, fängt Koller an zu kichern. Er unterbricht sämtliche Kontakte. »Das ist mir hier jetzt zu hektisch.« Aber natürlich kann er nicht aufhören. Die Ventilation funktioniert nicht, im Raum wird der Sauerstoff knapp. Ich gehe, ohne daß Koller das mitkriegt. So könnte ich auch, direkt vor seinen Augen, tot umfallen; er würde sich das anderentags erstaunt von einem seiner Zuträger erzählen lassen.

Ozonwerte vor neuem Rekord. Mit Containern und Steinhaufen wurde eine Kreuzung aus dem öffentlichen Verkehr gezogen. Zu hohen Häusern kommt ein höheres dazu. Das Baulager sieht aus wie ein Feldlager. Die Fahrzeugschnauzen der Zulieferer fressen sich von allen Seiten in die Szene.

Mobile Seilwinden rollen über Ausleger auf Schienen. Unter ihrem Gewicht drehen sich Lastenmobilés auf durchgebogenen Paletten.

Ein funktionsloses Verkehrsschild wirkt einsam wie ein stehengelassener Baum.

In Rußland ist ein Reaktor hochgegangen. Ich erfahre das aus dem Radio in einer japanischen Bar. Weder der Wirt noch sein Koch reagieren auf die Meldung. Wahrscheinlich verstehen sie nur soviel Deutsch, wie das zur Abwicklung ihres einfachen Geschäfts erforderlich ist. Ich bestelle noch einen Scotch, der Japaner fragt stur zum dritten Mal: »Red Label oder Black Label?«

»Black Label.«

Er nickt zufrieden und greift kurz mit der rechten Hand an die linke Schulter. Damit gibt er mir, glaube ich, zu verstehen, daß mehr in ihm steckt, als ich vermuten kann.

Die Verbindung von Zigarettenrauch und Whiskygeschmack auf dem Gaumen ist ein Genußgipfel. Zu den Glücklichen zählt, wer nachmittags in stillen Bars teure Spirituosen konsumieren kann.

Still ist es nicht mehr. Der Wirt hat schlagartig viel Arbeit bekommen. Ich stoße einem Geschäftsmann, der mich mit dem Rücken an die Wand schiebt, meinen Ellenbogen in den Nacken. Er dreht sich um, vollkommen verblüfft, und ich sage: »Nice to meet you.«

So komme ich zu einer Bekanntschaft mit Nakagami Oiji aus Osaka, der vom Baseball, wie ich vom Gewichtheben, verschlissene Knie hat. Er zeigt Familienfotos, damit kann ich nicht dienen.

»Hast du keine Familie?« fragt er in linkischem Englisch. Er gewährt männlichen Trost mit einem Hieb auf meinen Rücken.

Nakagami möchte mit mir zu einer Party. Unbedingt! Allerdings muß er vorher einen Termin wahrnehmen … fürchtet jedoch, mich unterdessen zu verlieren.

Er will mich nicht allein lassen. Seine tiefseeblaue Seidenkrawatte hängt schief, die Jacke hat er schon ausgezogen. Er ist nicht in der Verfassung, sich mit Kollegen zu besprechen.

Nakagami spricht jetzt japanisch mit mir. Der Weg zu klaren Gedanken ist uns beiden längst verstellt.

Ich will meinen Anteil zahlen, das läßt er nicht zu. Er zeigt mir eine Einzelheit auf der Visitenkarte, die ich als Hinweis auf seine Vermögenslage deute.

Plötzlich sieht er aus wie ein von Fieber angegriffenes Kind ... ein zarter Junge aus gutem Haus.

Ich schleppe ihn aus der Bar. Speichel rinnt über sein Kinn, tropft ab. In mir formiert sich Widerwillen gegen diesen Mangel an Stehvermögen. Ich setze ihn auf eine Brunneneinfriedung; soll er sehen, wie er zurechtkommt.

Nach ein paar Metern drehe ich mich um, um zu recherchieren, ob Nakagami schon im Kot liegt. Der Blick auf ihn wird von Halbwüchsigen verstellt, die sich mit eindeutigen Absichten noch ahnungslosen Handtaschenträgerinnen nähern ... sie einkreisen. Im Weitergehen warte ich auf den Schrei der Opfer. Das ist ein fernes Geräusch, viel deutlicher ist der schräge Wechselgesang einer christlichen Frauenband.

Ohne Zange, bloß mit den Händen liest sie die Kippen im Garten der Steinheimer Schänke auf. Sie kniet vor der zerfetzten Watte, die im Kies verschmoddert. Nie kapiert habe ich, wieso solche fast pflanzenfreien Flächen zwischen Häusern Gärten heißen. Die Kippen landen in einer geräumten Sauerkrautherberge.

Sie kriecht auf dem Kies. Die ersten Gäste fahren die Beine aus. Das sind Typen, die auf Student machen, und Messebauer, die einen freien Tag haben. Noch nicht die

Schnösel aus den Büros, die kommen später. Ein paar gepiercte Mütter lassen ihre Kinder Kiesel lutschen. Wie jeden Tag um diese Zeit sitzen alte Frauen im Schatten unter dem einzigen Baum im Garten.

Das Mädchen im Dreck spürt, daß ich mit ihr reden will ... in ein fremdes Gesicht quatschen. Sie dreht den Kopf weg, guten Tag ist schon zuviel. Die Alten werden sie an Großmutter von Vaters Seite erinnern, die zurückgelassen wurde, als sich die Familie, was weiß ich wann, warum nicht zweiundneunzig, auf die Flucht begab. Ein Daimler hält auf der Gasse vor dem Gartentor. Ich kenne den Fahrer. Er ist Anwalt und gehört zu einer lauten Truppe, die regelmäßig in der Schänke verkehrt. Seine Freunde rollen auf Rädern an, sie bringen Eis in den Garten, schieben Tische zusammen. Als junge Männer haben sie viel demonstriert, darauf sind sie stolz. Der Wirt ruft das Mädchen. Todsicher ist der Koch Moslem, ein sanfter Mann mit Grundsätzen. In seiner Heimat war er Ingenieur. Das Mädchen muß die Brühe für das Stammessen kosten, die Schweineteile werden nach Augenschein für gar erklärt. Das ist wieder lustig.

Das Mädchen kommt, um die ersten leergefressenen Teller einzusammeln. Ich bestelle Käsejunk. Ruckzuck steht der Teller vor mir. Ich schwärze einen Daumen im Kies und rolle ihn auf dem Limburger ab. Dann ruf ich den Wirt. Er erkennt mich, ich zeig ihm das Eklige. Die Scham sperrt ihm erstmal das Maul zu. Endlich bietet er mir seinen kulinarischen Höhepunkt als kostenlosen Ersatz an und alle Getränke aufs Haus.

»So billig kommen Sie mir nicht davon«, sage ich finster. In meiner Visage sucht er nach Zeichen des verebbenden Ärgers. Unter meinem Herrenblick schwillt seine Halsschlagader. Ich könnte einlenken, bloß wozu. Ich lege einen Schein auf den verbeulten Blechtisch. »Stimmt so«, sage ich.

Vor dem Garten schnappe ich mir ein Taxi und befehle dem Fahrer, an der nächsten Ecke zu warten. Ich stell mir vor, wie der Wirt in der Küche auftaucht und das Mädchen mit meinem Fingerabdruck auf dem Käse konfrontiert. Inzwischen krümmt sich der Koch über seinen Töpfen. Die Illegalität seiner Verhältnisse macht aus ihm ein Würstchen. Das Mädchen kriegt meinen Schein als Abfindung. Es durchquert den Garten, von schweren Gedanken ganz schief. Da kommt sie, meine Beute.

»Tut mir leid, daß du wegen mir den Zorres hast«, sage ich, nun wieder Fußgänger.

»Ist ja nicht Ihre Schuld.«

Wie süß. Satt, ich werde ein Leben lang Sieger sein.

Vor Jahren hat Emine die Schule geschmissen, erst gar keine Lehre angefangen und gerade den fünfundzwanzigsten Job verloren. Sie lebt bei der Mutter, Papa hat sich zu seinen Gunsten verändert. Wunderbar kommt ihr das vor: eben noch fix und fertig, und jetzt sitzt sie als Gast im Restaurant. Wehe, der Service (mit weißen Schürzen à la italiano,) mokiert sich über das trashige Erscheinungsbild meiner neuen Freundin. Emine hat noch nicht von mir gehört. Das ist bedauerlich. Also erzähle ich ihr von mir. Wie erfolgreich ich bin, erzähle ich, und wie einfach es ist, erfolgreich zu sein. Aus Erfahrung weiß ich, daß man gar nicht fett genug auftragen kann. Es ist ganz später Nachmittag, ich bin vollkommen im Dschumm. Wenn ich es richtig anstelle, steht Emine schon heute nacht auf der Billigfickstraße und betreibt Prostitution aus Liebe.

Kennt ihr das Geräusch der Billigfickstraße, wenn die Crackhuren in den ersten Morgenstunden Aufstellung genommen haben, lauter furchtbare Weiber, die zwanghaft mit ihren Haaren beschäftigt sind. Manche schmieren pausenlos Gel rein, andere kämmen sich pausenlos. Das Geräusch stammt von Büchsen auf dem Asphalt, die von Autoreifen zusammengelegt werden, knack, knack. Stundenlang geht das: knack, knack, knack. Solang die Freier unterwegs sind. Knack, knack, knack, knack.

Emine hat Hunger. Sie ißt, wie ein Legastheniker schreibt, ich kann das nicht mit ansehen.

»Iß ganz in Ruhe«, sage ich. »Ich warte in der Bar vis-à-vis.«

Emine ist erschrocken. Schön, daß sie den Fehler bei sich sucht. Ich wechsle das Lokal. Fünf Minuten später steht Emine neben mir an der Theke. So lange hat sie nachgedacht und bestimmt nichts mehr gegessen.

»Ist nicht gesund, so schnell zu essen«, sage ich.

Emine guckt schon verliebt. Ich spendiere was, das nach Erdbeer und Pampelmuse schmeckt, frage, ob sie Bock auf Koks hat. Hat sie noch nie probiert.

Im Gesicht der Barfrau haust der Suff. Ihr Haar trägt sie als wuchtiges Nest aus Locken. Plötzlich steht sie mit einer Polaroidkamera da und bittet darum, ein Starfoto schießen zu dürfen. Besser kann es nicht kommen. Ich schenke ihr meinen Blick für souveräne Frauen. Ich signalisiere, daß ich ihr zutraue, einen Panther zu reiten. Emine ist eifersüchtig. Sie rutscht näher, will unbedingt im Rennen bleiben. Als das Polaroid trocken ist, signiere ich. Dann gehen wir, wir waren eingeladen.

»Fandest du sie hübsch?« fragt Emine auf der Straße, mit der Stimme eines Kindes, das mit dem Finger im Teig erwischt wurde.

»Sie hatte was«, sage ich weltmännisch.

»Wenn du lieb bist«, sage ich im Hotel, »geb ich dir vierhundert Mark.«

Emine will das Geld nicht. Ich will aber zahlen. Ich finde es geil, Freier zu sein. Freier sein, heißt frei zu sein. Aber das wißt ihr ja selbst. Vor dem Fenster beginnt ein Gefecht. Ein Streifenwagen steht quer vor einem kanaillemäßig veredelten BMW. Du siehst so ein Auto und weißt, damit sind Turkokanaken unterwegs. Aus dem blockierten Fahrzeug wurde das Feuer eröffnet. Die Bullen ballern zurück. Sofort ist ein zweiter Streifenwagen zur Stelle. Die Beamten darin besinnen sich nicht lange und schießen mit. Die Leute im BMW werden zusammengeschossen, nur einem gelingt die Flucht. Er läßt sich auf den Bordstein fallen, rollt raffiniert in eine Tiefgarage.

Emine will küssen. »Bitte, laß das«, sage ich. Ich will die versprochene Summe transferieren, Emine verweigert die Annahme. Die Erregung auf der Gasse hält sie für Dreharbeiten. Das Zimmer liegt im ersten Stock und das Fenster zur Straße reicht fast vom Boden bis zur Decke. Man hat einen wunderbaren Blick. Ist wie Kino.

Friedlich wie Pantoffeltierchen sitzen wir am Fenster. So tief in der Nacht war es noch nie. Gut ist die Gelegenheit, um einen alten Faden der Geschichte wieder aufzunehmen. Teichmanns Aufzeichnungen waren mir von Marion in die Hände gelegt worden, kurz bevor ich nach Berlin ging. Die letzten Tage vor meinem Aufbruch verkürzt die Erinnerung zu einer Anzahl irisierender Augenblicke. Die Lektüre von Teichmanns Aufzeichnungen wurde vorübergehend eine ständige Übung, die ich niemandem gegenüber zugab. Nicht, daß der Autor mir angenehm geworden wäre. Das aber gefiel mir: ›Der Schimmel erfror an den Wänden. Vor meinen Augen drohte die Welt zum Schemen einer polaren Landschaft zu verkümmern. Mir war danach, in den von Feuchtigkeit gewellten Seiten meiner Bücher, inmitten der von Buchstaben befestigten Rinnen, im Grau der Durchschüsse zu verschwinden.‹

Zu meinen späten Kasseler Gewohnheiten gehörte, Orhan abends an der Tür zum Blue Days Gesellschaft zu leisten. Das taten andere auch. Die Wahrheit ist, eine Gemeinde belagerte ihn. Ihr entwickelte er seine Ideen: »Man muß schnell sein, schnell und fähig. Du nimmst die Arme hoch, der Mann glaubt, jetzt kommen blitzartig Hände auf ihn zu, dann trittst du ihm aber auf die Eier, und wenn er abschmiert, sagst du, wir sind hier nicht im Ring, Zuckerschnäuzchen, hier wird definitiv Freistil geboten. Immer mußt du für eine Überraschung gut sein, sonst bist du aufgeschmissen.«

Es schien, als wäre die Natur in Orhans Fall unschlüssig gewesen. Bei den sekundären Geschlechtsmerkmalen hatte sie es an Entschiedenheit fehlen lassen. Mit seiner natürlichen Wildheit konnte sich aber keiner messen. Er war gerade hessischer Taekwondovollkontaktmeister im Leichtgewicht geworden.

Ich war kühl bis ans Herz. Kein Champion konnte sich in seinem Bademantel wohler fühlen als ich mich in meiner Haut. Teichmann hingegen hatte notiert: ›Die letzten Verteidiger von Rjasan konnten sich in Anbetracht der in ihnen langsam aufdämmernden Erkenntnis, daß Batu Khans Leute ihre Festungswällc schleifen und die Stadt in Rauch aufgehen lassen würden, nicht schlechter gefühlt haben als ich.‹

Ich merkte mir solche Sätze: ›Ich lasse mich nicht kapern von sauerbrüstigen Megären. Meine Freuden sind nicht von der Art, daß mich der Anblick eines Pudels oder eines Fingers in der Nase einer Dreijährigen entzücken könnte.‹

›Bei Urin muß ich stets an Salpeter denken‹, schreibt Bataille. Noch gehen Züge. Ich könnte wegfahren und notieren: In Frankfurt hatte ich mich betrunken, bevor ich einen Zug nach Kassel nahm. Das Abteil teilte ich mit einem Reisenden, der ein Buch über Astrophysik las. Er war gehemmt, schweigsam auch aus Neigung. Mir selbst überlassen, ohne Lektüre, hatte ich die Empfindung, in eine geräumte Zone vorzustoßen.

Ich versuche mich zu erinnern, wie es ist, in den Kasseler Bahnhof einzufahren. Im Montenegro bekäme ich zu essen.

Weil ich nicht wegfahren kann, verhalte ich mich so, als sei ich gerade angekommen. Als wäre mir dies neu: Frierende auf Bahnsteigen, die über die Kuppel hinausragen. Kein Mensch wagt sich jetzt an ihr Ende.

Die erschöpften Teilnehmer mißlungener Expeditionen, die sich hier, im Licht, noch einmal eines fragwürdig gewordenen Zustands zu vergewissern suchen. Soldaten, die ihr Gepäck verloren haben; die Lachen, in denen sie ihre schwarzen absatzlosen Schuhe baden.

Ich bin der einzige, der Interesse zeigt. Mit japanischer Neugier nehme ich auf, was mir von schwankenden Gestalten vor einer Kulisse aus dem 19. Jahrhundert geboten wird. Jeder sieht, daß ich fremd bin, und das ist für manchen Grund genug, mich mit einem Extrakunststück erfreuen zu wollen.

Keine Stellungnahme. Die mir geläufigen Sprachen werden hier von niemandem gesprochen. So gelange ich unbehelligt ins Freie. Links stehen Taxis, vor mir liegt die Kaiserstraße. Ich bin angekommen ... Wie Sicherheitskräfte kontrollieren schreiende Jungen die Eingeknickten und Niedergestreckten. Die offensichtliche Schwäche der Vagabunden, die nicht einmal mehr das Nachlassen des Verkehrs abwarten mögen, um sich, als

Menschen fast unkenntlich, in Lumpen wie in sich selbst zu verkriechen, steigert die Siegerlaune der Halbwüchsigen.

Ich esse Fleisch, von dem ich vorher wußte, daß es nicht schmecken würde. Den Jugokellnern sehe ich beim Bramarbasieren zu. Ihre Achtlosigkeit gefällt mir. In unregelmäßigen Abständen komme ich ins Lokal, um mich von der finsteren Dauerhaftigkeit bestimmter Frankfurter Einrichtungen zu überzeugen. Hier saß ich am Ende meines ersten Zugs durchs Bahnhofsquartier. Dieselben, ungeniert in den Handteller hustenden Kellner standen an der Theke, ihre Kippen verglommen in den Aschenbechern.

Leuchtend wie ein Tanzboot liegt das Wasserhäuschen im nächtlichen Riederwald. Das Spektakel mit Lichterketten wird allein zur Erbauung letzter Spaziergänger aufgeführt. Tageslicht löscht den Prunkeffekt aus. Vom nächtlichen Glanz überlebt kein Schimmer.

Das Weitläufige eines Parks wird von der Dunkelheit verschwiegen. Wie ein pflichtbewußter Schäferhund ordnet sie die tagsüber auseinandergelaufene Herde aus raschelnden Bäumen und Büschen zu einer geschlossenen Fläche.

Das zerschnittene Fahrradschloß am Fuß eines Lichtmastes. Unter französisch sprechenden Trebegängern bemerke ich Carlos. Mich erstaunt, daß er meinen Namen noch kennt.

Wir können uns nicht unterhalten, weil seine auf den Steinen lagernden Bekannten für Wirbel sorgen, indem sie die Vorübergehenden und immer wieder auch Carlos in ihre Gespräche ziehen, die laut und provozierend ablaufen und Beschaffungsprobleme betreffen; auch deshalb, weil Carlos entschlossen ist, sitzen zu bleiben. Ich es aber nicht fertigbringe, mich zu ihm zu setzen. Er trägt eine extravagante Frisur: der Zopf nimmt von der Schädelmitte Haare auf. Darunter eine zweite, glatte Lage, bis zu den Schultern.

Ich sehe Koller bei Tomoko. Sie hat sich verbessert. In ihrem Haus auf dem Lerchesberg streben möblierte Betonkaskaden der Ebene entgegen, wo die Küche, als stämmiges Rechteck, im Wohnzimmer steht. Jede Einrichtungsentscheidung folgte einer artifiziellen Rauhputz-Linie. Das Beige der Lampenschirme wiederholt sich auf den Vorhängen. Es spielt vor einer Kaskade matter Tönungen, Farbfloskeln einer undurchsichtigen Extravaganz.

Einer erstarrten Woge gleicht das Relief der Dächer vor den Fenstern. Sie verbergen Aufbauten, Material, an dem der Wind kratzt, Flugplätze für Vögel. Den Leuten in dieser Gegend muß die leuchtende Hochhauskette am Main wie eine ferne Dauerinszenierung erscheinen, zu dem Zweck, ihren Reichtum zu spiegeln; eine Selbstvergewisserungsmaschine, die wie mit schimmernden Lettern nur eine Botschaft produziert: *Ihr habt recht, Euch für Auserwählte zu halten.*

Eine Weile drängt alles zu Koller. Dem Publikum erklärt er: »Wer mehr verlangt als eine Autobahn ohne Tempolimit, verlangt zuviel.« Seine Hose ist dermaßen zu groß, daß es aussieht, als stünde er darunter auf Krücken, auf denen sein Rumpf nur verschraubt ist. Das Stück hat Evi ausgesucht.

Er klagt über Magenschmerzen, als sonst keiner mehr zuhört. Im Bad suchen wir Tabletten. »Wildnis findet man in Deutschland nur noch an den Rändern der Autobahnen«, behauptet Koller. »Tote Igel, von Würmern bevölkerte Kaninchen, unüberwindbare Abwasserkanäle, die sich kilometerlang durch verrottete Waldstücke ziehen. Nachts ist es gut, wenn man durch die in Reihen gesetzten Sichtblenden auf die andere Seite sieht.«

Ich frage Koller nicht, wie er darauf kommt; er kann ein somnambuler Sprecher sein. Obwohl ich ihn so gut kenne, fällt es mir schwer zu bestimmen, in welchem Ausmaß er seine Marotten gesteuert vorführt. Ihm ist zuzutrauen, daß er von einem Moment auf den nächsten aus seinem eigenen Spiel hämisch aussteigt.

Ich bezweifle, daß er selbst noch seiner Masken Herr ist. Sein zusammenhangloses Sprechen macht mich unruhig. In mir ist diese Verachtung und Selbstverachtung nicht, die Koller hat; diese auf nichts zielende Unbedingtheit.

Immer noch treibt in seiner Stimme die nordhessische Großkotzigkeit ... Tomoko kommt mit Angie ins Bad. Die Grazie der Frauen ist gefährdet. Tomoko hat Röderer und Angie Teichmanns Aufzeichnungen in der von mir edierten Ausgabe mitgebracht. Ohne Verzögerung will sich Angie an Kollers Marschierpulver delektieren. Er soll ihr cooler Daddy sein. Sie geht ihm um den Bart, gibt lustvoll das Weibchen. Ich sehe ihn abwehrende Bewegungen machen. Er ist ein starrer Charakter. (Sie ist ihm auch zu alt.) Er exaltiert sich ein bißchen, um sie abzukühlen, aber Angie durchschaut die List.

Zwischen Reiz und Reaktion klemmt wie Seidenpapier die Folie der Ich-Betrachtung und entzieht den Angriffsimpulsen Energie. Schließlich versucht Angie mit ihrer Erscheinung Koller zu deklassieren; die auch auf hundertfünfzig Paar Schuhe verweist, die in ihrem Klinkerkasten bei Hannover auf sie warten. »Erinnerst du dich an den Anfang unserer Freundschaft?«

»Warum sollte ich?«

»Erst warst du schüchtern und dann brutal.«

Angie macht Tomokos Bad zur Bühne, auf der sie sich aufspielt. »Ich weiß heute, daß du schüchtern warst aus Hochmut. Du bist nur ein Mime der Lässigkeit; krank vor Ehrgeiz in Wahrheit. So eitel bist du, daß du deinen härtesten Konkurrenten zum besten Freund gemacht hast ... den einzigen Mann, der dir je den Schneid abkaufen konnte. – Und Burroughs ist dir auf den Leim gegangen, wieder und wieder.«

Angies Auftritt ist schwer auszuhalten. Schließlich bietet sie nicht das schlechteste Beispiel für die Verwandlung einer schussligen Muckemaus in eine klassenbewußte Frau. Sie war zu snobistisch, um im *mainstream* zweitrangiger Erfolge den lieben Gott einen guten Mann sein lassen zu können. Keinen Augenblick hatte sie sich der Suspendierung Teichmanns widersetzt. Dabei hätte sie damals nur unglücklich aus der Wäsche gucken müssen, um den Rausschmiß des einzigen Menschen in unserer Nähe zu vereiteln, der außer Sex, Geld und Drogen etwas wichtig finden konnte. Wir übrigen hatten nie an die Musik geglaubt. Wir wollten Musiker sein, weil das maximale Bedeutung in der Jugendwelt brachte.

»Lies uns vor«, bittet mich Tomoko, so wie man mich früher bat, *Coming home* zu spielen, am besten so schnell wie Alvin Lee. Die Band sitzt im Bad, mit Teichmanns Geist am Schlagzeug: ›An mich ist ein Leben verschwendet worden. Der schlechte Zustand meiner Bücher gleicht einem Spiegel, in dem ich mir begegne ... Soeben inspizierte ich die dunkelsten Flecken an den Wänden. Sie sind naß. Daran fatal ist, daß ich dem Hauswirt dies melden muß. Dann schickt er Handwerker. Ich will aber niemanden in der Wohnung haben. Für meine Vertragstreue wird man mich mit Verachtung strafen. Einer Verachtung, die mir nicht weniger als der Wohnung gilt. Zum erstenmal in seinem Leben könnte jemand sehen, wie ein Mensch lebt, der für Komfort keinen Sinn hat. Man soll mir vom Hals bleiben. Mir würde genügen, daß man mich erst wieder zur Kenntnis nimmt, wenn ich aufgebahrt im Seitentrakt der Friedhofskapelle liege.‹

So war es geschehen. An dem Abend, als ich meine Kopie von Teichmanns Aufzeichnungen erhielt, bemerkte mich Joy vor einer Ampel. Sie kam zum Wagen und stellte sich vor der Fahrertür so auf, wie das Mädchen in *Rock Dreams* vor dem Wagen steht, in dem Crosby, Stills, Nash und Young sitzen. Ich sagte »na«, ich hatte den Ellbogen auf dem Seitenfensterrahmen. Aus den Boxen krachte *All along the watchtower*, und Joy sagte auch »na«, bevor sie an der Kühlerhaube vorbei um den Wagen ging. Ich entriegelte die Beifahrertür, sie warf zuerst ihren Beutel auf den Rücksitz. Klar war, daß wir bald im selben Bett liegen würden, und alles war so, daß man es nur auf englisch richtig sagen konnte …

Aus dem Fenster ihres Schlafzimmers sah man eine Bleiche. Auf dem unbedruckten Rand der taz stand: »Um auf eine bestimmte Manier zu leben, muß man ein Ende machen mit den Drohungen des Lebens.«

Ich dachte, sie sucht nach einem Wort, daß die Umstände ihrer Existenz abschließend beschreibt. Ein Zitat als Zauber.

Joy sagte: »Ich hatte dich nötig.«

Mit dem Zeigefinger strich sie über Gegenstände, um zu finden: »Überall Staub.«

Ich kontrollierte das Bad, in dem Teichmann sich umgebracht hatte. Es diente Joy auch als Abstellkammer. Neben einer Luke über Kopfhöhe stand ein Metallregal, hoch bis zur Decke. Auf den Borden Bettwäsche, Winterkleidung. Teichmann hatte sich ans Gestell gehängt und war qualvoll durch Strangulation gestorben; ungeschickt bis zum Schluß. Er hatte aber bedacht, daß das Regal unter seiner Last aus den Verankerungen in der Wand brechen würde, und es deshalb mit Büchern und Haushaltsgegenständen belastet, so auch mit einem Bügeleisen. Ich versuchte mir ein Bild zu machen ... wie Teichmann Bücher aus dem Wohnzimmer ins Bad geschleppt, wahllos in der Küche Sachen gegriffen hatte. Er war bestimmt nicht kaltblütig gewesen. Ich stellte ihn mir rasend vor ... endlich furios.

Joy drehte einen Lampenschirm gegen die Tür. Der weiße Kegel zog die miniaturisierte Reproduktion eines Gemäldes aus der Dunkelheit. Es stellte Christus am Kreuz zwischen Maria und Johannes dar. Joy hatte eine Tüte gebastelt, ich war ihr dankbar, daß sie ein schlichtes Vergnügen mit soviel Zinnober einem Höhepunkt außerhalb der toxischen Ordnung entgegenzutreiben sich bemühte. Ich dachte an eine Zeile aus Angies Tagebuch: »Habe gestern geraucht und mir von K. wehtun lassen.« Joy sagte: »Teichmann erzählte, wie er mit siebzehn auf Pille sein schlagartig um Jahre gealtertes Gesicht im Fenster einer Straßenbahn gesehen hatte. Daran erinnert wurde er, als er am Sterbebett seines Vaters stand. Der Schädel des Siechen zeichnete sich unter der Haut ab ... ein quasselnder Totenkopf. Für einen Augenblick entspannte ihn die Hoffnung, damals in der rumpelnden Straßenbahn nicht in die eigene düstere Zukunft geblickt zu haben, sondern in die seines Vaters.«

Frauen laufen auf, mit Schreibmappen im Arm. Ihnen folgt die Moderatorin, über die ich vor Jahren in einem stern-Programmheft einen Artikel las. Sie hält ein belegtes Brötchen. In einem knielangen, hochgeschlossenen roten Kleid (aus Seide, glaube ich) steht sie wie in Flammen und ißt mit eiserner Entschlossenheit. Jemand hat ihr was zu sagen, er wedelt mit einem Zettel. Sie will aber nichts hören, das Brötchen beschäftigt sie ganz und gar. Der Soundcheck mit dem musikalischen Rahmenprogramm erschüttert die Garderobe. Als hätten alle Entscheidendes vergessen oder verloren, zerflattert die Crew in den Höhlen über dem Lichtkosmos, der ihr Werk ist. Der Aufnahmeleiter weiß gar nicht mehr, wieso er mit mir geredet hat. Er glaubt nun, ich sei ein Cognacdieb. Während er immer noch neben mir steht, läßt er von einem Assistenten ausrichten: »Hier können Sie nicht bleiben.« Ich frage was, damit er nicht wegläuft. Anstelle einer Antwort wirft er die Arme in die Luft. Er ist erschöpft, hysterisch, belustigt und wahnsinnig glücklich.

Angie ist viel zu beeindruckt von diesem Zirkus. Ich schleife sie durch die vom Fernsehen requirierten Räume (der mehrgeschossigen gastronomischen Zone eines Kaufhauses).

Krank vor Aufregung steht Wolf im Klo, hinter ihm rauscht Wasser in die Pißbecken. Dies ist nicht sein erster Auftritt im Fernsehen, aber wie bei vielen wächst auch bei ihm die Anspannung mit der Zahl überstandener TV-Termine. Ein selbstbewußter Ich-weiß-nicht-was, Postpunk vielleicht, kommt in die Szene. Wir ignorieren ihn; wenn Wolf jetzt schlappmacht, muß ich ihn wie Diebesgut unter den Augen der Profis aus dem Kaufhaus schleppen. Aus Furcht vor unkontrollierbarem Harndrang trägt er eine Windel. Angie stößt die Tür zum Klo auf. Die Zeit ist ihr wohl zu lang geworden. Ich bedeute dem fremden Pisser uns mit allem zu verschonen, was zu seinem Programm gehört. Er muß sich dennoch gründlich im Spiegel betrachten. »Du siehst fantastisch aus«, sagt Angie. Er geht pseudo-indigniert ab. Angie versucht, zu einem Urteil über Wolfs Verfassung zu kommen. Sie findet schließlich: »Der steht das nicht durch.«

»Ich muß«, sagt Wolf. Alles andere wäre Vertragsbruch. Sein Marktwert sinkt schon wieder. Ich sage also, in der Manier eines Einpeitschers, Ermutigendes. Denk an die zwanzig Jahre entlang der Buden, der trostlosen Klappen, verstört, geschmäht, dabei heldenhaft aus Unvermögen und immer zuversichtlich.

Angie und ich schieben Wolf aus dem Klo durch die Gänge aufs Schlachtfeld. »Was machen Sie mit unserem Zeichner?« fragt mich Wolfs Agent. Der Mann wagt nicht, an seinem Kopf zu kratzen, der Schuppen wegen, die furchtbar gern auf den Kragen fallen wollen. Er hat was von einem beleidigten, zugleich abgebrühten Lehrer. Zwischen ihm und Wolf bahnt sich Freundschaft an.

»Was soll das ganze Berühmtsein, wenn man dabei so unglücklich ist?« fragt Angie.

Die Studioleuchten haben den Drehort zum Hitzefeld gemacht, auf dem sich allen der Magen zusammenzieht. Die Peripherie dieser Zone ist das Alaska gelassener Spezialisten. Von denen will keiner ins Bild. Die sogenannten Gäste werden feixend zu ihren Plätzen geleitet, die Kommunalpolitikerin, der Prominentenkellner, eine niederschmetternd robuste Alte, deren Rezeptsammlung ein Hit ist. Wolf bewältigt den Gang zum Sessel mit der Resignation von Zeitungslesern in öffentlichen Bibliotheken; Männern mit kurzen entzündeten Penissen in preiswerten Hosen ... der Schüler Wolf hatte Knoten im Gesicht. Die Haut unter den Augen war blau. Er sah immer so aus, wie gerade aus der Ausnüchterungszelle auf die Straße gekippt. Saß er bequem, drückte sein Wanst den Hosenbund über die Taille. Else zählte zu seinen Freundinnen ... eine vierzigjährige Heulsuse mit grauem Pferdeschwanz, Kinderspangen im Haar und einer Visage voll Elend und Einsamkeit. Ein Freund war Schauspieler oder Schausteller, ein abgerissener Kleindarsteller an Schulen, in Sportvereinen; am Start stets da, wo man ihn nicht verscheuchte. Wir trafen ihn hinter dem Herkules, beim Pilzesuchen. Er quälte uns mit einem Vortrag über natürliche Halluzinogene. Man fand sie unter Kuhscheiße.

Utz gehörte zu Wolfs Freunden. Nach einem grandiosen Anfang in der Geschäftswelt war er ebenso grandios abgestürzt; ein Schachspieler ohne Gegner. Ich rufe Angie ihre Ticks ins Gedächtnis, daß sie sich schieflacht. Das möchte ich. In ein paar Wochen wird sie fünfunddreißig. Erinnerst du dich, wie ich dir nach Gigs auf leergefegten Straßen voraneilte: eine kindliche Giraffe als Künstler; das Hirn vom Bier im Nebel. Bis zum Hals voll mit Zitaten, die ich alle vergessen habe.

Das Wetter hat auf den Straßen Heiterkeit entbunden. Mit Paaren besetzte Cabriolets rollen vor die Ampeln, aus den Wagen heraus wird gegrüßt. Ältere Frauen nutzen die Kühle des Abends, um ihre Sommergarderobe auszuführen. Sie begeben sich in Cafés mit Entertainment, Männer in englischen Jacken, gefaltete Tücher in den Kragen, kommen dazu und werden für mäßige Schauspieler gehalten. Junge Leute mischen sich halbnackt darunter.

Wir fahren in Angies Audi. Sie trägt eine Brille mit Fensterglas, große Ohrringe, ein kleines Kleid.

Ich sehe sie von der Seite an, sehe ihren Stolz, diese Gnadenlosigkeit. Unaufwendig vollbringt sie die erforderlichen Manöver; hinreißend, wie sie sich von begeisterten Fahrern verehren läßt. Vielleicht sind es Ansichten, wie Angie sie in ihrem Audi gewährt, die den brutalen Plan bestätigen, der Männer in den Krieg um Geld, Sex und Prestige führt.

Der gezielte Einsatz zweier Sprachen: der italienischen für die Atmosphäre, der deutschen, um das Geschäft abzuwickeln. Addiert werden die Beträge wieder auf italienisch; der vertraute Klang von Zahlen, die Geld bedeuten.

Wie bei Koller, droht sich auch bei Angie ein Gesprächsmanierismus durchzusetzen, der die schöne Bodenständigkeit ihrer frühen Jahre kaum noch glaubhaft erscheinen läßt. Worte treten bei ihr oft nur noch einzeln auf, als Stichworte, mit denen genug gesagt wurde, um überzuleiten. Dieser Spur soll ich folgen. Das sehe ich nicht ein. Ich esse Ravioli. Von ihrem Salat nimmt Angie nur Details. Ich weiß nicht, warum wir essen gegangen sind.

Wir kommen aus dem Kino. Es war draußen noch hell, als der Film anfing, nun ist es dunkel, und die Dunkelheit verstärkt die vom Film ausgelöste Befangenheit. Noch unter dem Eindruck Großaufnahmen und konzentrierter Sätze versuche ich wieder Tritt zu fassen in der Realität einer warmen Nacht. Um den Prozeß zu beschleunigen, zünde ich schleunigst eine Zigarette an.

Wir sitzen auf der Kühlerhaube und rauchen. Pflanzengeruch verbindet sich mit Abgasen. Das ist die Sommernacht-in-der-Stadt-Mischung. Die Straßenbeleuchtung gibt den Dingen einen Blaustich. Für Krach sorgen Krakeeler, die mit ihren Flaschen vor einer Bude stehen. Aus einer Straßenbahn quillt ein Trupp vom Scheitel abwärts verhüllter Koranschülerinnen.

Ich versuche mir vorzustellen, wie es wäre, wenn die Bedingungen meines Lebens dem Bild entsprächen, das wir abgeben: so friedlich und uns unserer Freiheit und Liebe gewiß.

Wolf öffnet die Tür so schnell, als habe er dahinter gewartet. Auf Anhieb erkenne ich seine Verstörung.

»Was wollt ihr?«

Er steht in der Tür, wir können nicht vorbei.

»Mit dir was trinken?« sage ich.

Er stellt einen Finger vor die Lippen.

Seine Schwester legt ihm eine Hand aufs Hemd. »Was soll das heißen?«

»Wir können hier nicht reden.«

Sein Flur ist dunkel, im Treppenhaus geht das Licht aus. Unwillkürlich fasse ich nach Wolf. Ich habe schon eine Ahnung von seinen Verhältnissen.

Eine Tür fliegt auf, Licht fällt in den Flur. Eine Frau will wissen, was los ist.

»Alles in Ordnung«, sagt Wolf.

Angie will wissen, wo der Knopf für die Treppenhausbeleuchtung ist.

»Ein Stockwerk tiefer«, entgegnet die Frau und macht das Licht im Flur an. Wolf drückt sich an uns vorbei, als wolle er Abstand von seiner Frau gewinnen. Sie ist entstellt von Reizbarkeit. Der Flur ragt wenigstens sechs Meter in die Tiefe. Die Tür am Ende geht auf, und zum Vorschein kommt ein verpenntes Kind, barfuß, spreizfüßig. Es trägt eine Tierattrappe.

»Ihr seid so laut, ich kann nicht schlafen.«

Das Kind gibt der Erbärmlichkeit der Situation den Ausschlag ins Unerträgliche. An der Frau vorbei, geht es zum Vater, mustert uns feindselig.

Die in den Flur genagelte, ungeliebte Frau, der beschämte Wolf, Angies Neffe ... schließlich wir, duftende Usurpatoren, die einer Familie den Mann als Tribut abverlangen. Ich mache dem ein Ende. »Wir warten unten auf dich.«

Wolf kommt. Er hat eine Jacke übergeworfen, das Hemd steht am Hals offen; ganz der Mann, der kurz nach elf noch schnell ein Bier zischen will.

Von nostalgischen Empfindungen geschlagen, betrete ich den Lahmen Gaul. Es gab eine Zeit, in der jeder Zug durch die Gemeinde in Lokalen anfing, die alle von einer Pächterfamilie mit wenigstens drei erwachsenen Töchtern betrieben werden. Der Lahme Gaul gehört dazu. Erst als wir schon sitzen, fällt mir ein, was mich einmal hierher gelockt hat: eine Musiktruhe voll alter Spitzenlieder. Eine abgearbeitete Frau, Mitte Zwanzig, steht davor und tippt Nummern ein.

Reserviert nimmt die Bedienung unsere Bestellungen auf. An der Theke schreien sich zwei Männer an. Ein dritter schaltet sich ein, ohne vom Videospiel aufzusehen, vor dem er hockt. »Wenn der Silvio nicht sofort Ruhe gibt, kriegt er von mir einen Gong.«

Der Mann ist Sitzriese, sein Haupt geschoren. Die Haut unter den Augen ist vernarbt. Vor dem hageren Rumpf steht die Wampenbeule. Das Thekengeschrei geht unvermindert weiter. Der Spieler rührt sich nicht. Im hinteren Teil des Lokals wird ein Billardtisch in Betrieb genommen. Ich höre, wie die Kugeln aus dem Tisch gedrückt werden und in die Holzrinne kollern.

An der Wand kleben Fotos von Festen, die vor zwanzig Jahren gefeiert wurden. Die Leute auf den Bildern tragen Hosen mit Schlag und Hemden mit großen Kragen. Die Schnurrbärte der Männer reichen an den Mundwinkeln vorbei zum Kinn. Die Mädchen sehen alle ein bißchen so aus wie die junge Juliane Werding.

Ich wache auf, es regnet. Angie telefoniert in der Küche. Bei meinem Eintritt legt sie eine Hand auf die Muschel und sagt enthusiastisch: »Morgen, Schatz.«

Sie trägt einen roten Seidenkimono mit aufgesticktem Drachen. Aus dem Drachenmaul züngeln Flammen. Er ist von Speeren getroffen, am Verenden; sein Überwinder ein stämmiger Held mit Helm und Brustpanzer. In seinem Gürtel steckt ein langes Schwert. Ein kurzes hält er in der Hand. Neben ihm ist eine Fahne im Rot des Kimonos aufgepflanzt, das sich vom Rot des Drachenbluts mit einem helleren Ton unterscheidet.

Konzentriert geht Angie gegen das Zittern ihrer Glieder vor. Wieso fällt mir gerade jetzt die von Teichmann kolportierte Gewohnheit Rolf Schwendters ein, bei Gelegenheiten den kleinen Finger abzuspreizen? Ich erinnerte die Geste, als ich im Text darauf stieß.

Der Himmel hängt wie eine graue Tuchbahn über steinernem Auswurf. Der Kühlschrank brummt.

Man kann sich das heute nicht mehr vorstellen, aber als der neunzehnjährige Robert Schumann 1829 nach Frankfurt kam, hörte er am Main Nachtigallen schlagen »und der flatternde Flieder und die wogenden Akazien dufteten stark; ... mir war es so, als müßte ich in einem schönen Traum hier schon einmal gewesen sein.«

Darin äußert sich nicht in Ausnahme ein schwärmender Geist, das ist der Tenor zahlloser Beschreibungen der Stadt durch die Jahrhunderte, geliefert von weitgereisten Chronisten. Daß Frankfurt eine reizvolle, an Promenaden und Terrassen reiche Stadt sei, wurde stets hervorgehoben. Von seiner geographischen Lage ebenso wie von einem milden Klima begünstigt, entfaltete dieser »große Kanal, durch den alles Gold von Europa fließt«, wie Johann Kaspar Riesbeck 1780 feststellte, Pracht in vieler Hinsicht. Die rattenverseuchte Judengasse, blutige Fleischschirne und das morastige Sachsenhausen, das seiner rauflustigen Bevölkerung den Beinamen Flegelbörse verdankte, konnten den günstigen Eindruck nicht verderben; man war solche Ansichten von anderswo auch zu sehr gewohnt, um sich zu stoßen. Biederer Bürgersinn mag in dergleichen ohnehin nur objektive Bedingungen städtischen Fortschritts, zugleich Aspekte seiner Wirkung, beobachtet haben.

Heute ist Sachsenhausen trocken, dafür schlägt am Main keine Nachtigall mehr. Ich laufe durch die vollgeschissenen Pflanzungen am Untermainkai.

Wie Rotz kleben Penner an den Wänden der Unterführung vor dem Bahnhof. Uniformierte rennen durch, um aufzuräumen. Zwischen den Eiligen, die Stürzer; wo sie es reißt, wird gleich hingepißt.

Ich inspiziere die Front: Kinderhorden, die blonden Einzeltäter mit Kampfhunden, Motzmädchen werden Schule schwänzen. Weil ich eine Bahnhofsgöre für ihren Geschmack zu lange anschaue, fragt sie: »Kacker, was gibts?«

Sie trägt Michael »Air« Jordans Nikes. Ich spüre die Spannung in ihrem Körper, das Athletengefühl. Neben ihr steht einer, der sich auf biegsamer Latino getrimmt hat. Als Zeichen der Verachtung läßt das Mädchen eine Kaugummiblase platzen.

Am Kaisersack wartet Ambulanz. Beamte knallen einen Afrikaner ans Dienstfahrzeug. Touristen dazwischen.

»Hier ändert sich auch nie was«, sage ich.

»Du bist nicht ganz dicht, stimmts!« sagt das Mädchen, das mir gefolgt ist.

»Ich bin Schriftsteller.«

»Schriftsteller? Schreibst du das, was auf den Bierdeckeln steht?«

Ich gehe einfach weiter, und sie bleibt einfach zurück.

Ihr kennt die Stadt nicht, wenn ihr die Leute nicht gesehen habt, die im Müll wühlen. Zwei plattfüßige Frauen in Schlappen schleppen einen Herd davon. Sie kommen nie weiter als ein paar Meter, dann müssen sie pausieren, und in den Pausen rauchen sie.

Immer sind welche unterwegs, um was zu finden. Die Jungen auf den stabilen Rädern, wie in permanentem Angriff und immerwährendem Schlaf zugleich an die Lenker geschweißt.

Die tätowierten Spucker vor den Wasserhäuschen ... in Decken Gehüllte, die sich vom Krach der Kreuzungen unterhalten lassen.

Im Finnigans würfeln Rocker.

Wieviel Stolz und Verachtung sind an mir schon vorbeigezogen, um schließlich als Kneipendreck bitter zu enden. Letztlich ist alles eine Frage der Konstitution.

Deutschsprachige Literatur
in der edition suhrkamp:
Prosa

Aebli, Kurt: Küss mich einmal ordentlich. Prosa. es 1618
- Mein Arkadien. Prosa. es 1885
Batberger, Reinhold: Drei Elephanten. es 1459
Becker, Jürgen: Ränder. es 351
- Umgebungen. es 722
Beyse, Jochen: Bar Dom. Erzählungen. es 1930
- Ultraviolett. Erzählung. es 1603
Bleisch, Norbert: Viertes Deutschland. Erzählung. es 1719
Böni, Franz: Alvier. Erzählungen. Mit einem Nachwort von Samuel Moser. es 1146
- Hospiz. Erzählung. es 1004
- Der Johanniterlauf. Fragment. es 1198
Braun, Volker: Berichte von Hinze und Kunze. es 1169
- Es genügt nicht die einfache Wahrheit. Notate. es 799
Brecht, Bertolt: Die Geschäfte des Herrn Julius Caesar. Romanfragment. es 332
- Prosa. Bd. 3. es 184
Buch, Hans Christoph: An alle! Reden, Essays und Briefe zur Lage der Nation. es 1935
- Die neue Weltordnung. Bosnien, Burundi, Haiti, Kuba, Liberia, Ruanda, Tschetschenien. es 1990
Cavelty, Gion Mathias: Quifezit oder Eine Reise im Geigenkoffer. es 2001
Dischereit, Esther: Joëmis Tisch. Eine jüdische Geschichte. es 1492
Döring, Bianca: Ein Flamingo, eine Wüste. Erzählung. es 1588
- Schnee und Niemand. Prosa. es 1779
Drawert, Kurt: Haus ohne Menschen. Zeitmitschriften. es 1831
- Spiegelland. Ein deutscher Monolog. es 1715
Enzensberger, Hans Magnus: Deutschland, Deutschland unter anderm. Äußerungen zur Politik. es 3313
- Der Weg ins Freie. Fünf Lebensläufe, überliefert von Hans Magnus Enzensberger. es 759
Erste Einsichten. Jüngste Prosa aus der Bundesrepublik. Herausgegeben von Christian Döring und Hajo Steinert. es 1592
Franzobel: Die Krautflut. Erzählung. Mit einem Nachwort von Thomas Eder. es 1987
Fritsch, Werner: Steinbruch. es 1554
Goetz, Rainald: Kronos. Berichte. es 1795

300/1/12.96

Deutschsprachige Literatur in der edition suhrkamp: Prosa

Grill, Evelyn: Wilma. Erzählung. es 1890
Gruenter, Undine: Epiphanien, abgeblendet. 56 Prosastücke. es 1870
Gstrein, Norbert: Anderntags. Erzählung. es 1625
– Einer. Erzählung. es 1483
Hänny, Reto: Ruch. Ein Bericht. es 1295
– Zürich, Anfang September. es 1079
Hensel, Kerstin: Im Schlauch. Erzählung. es 1815
Hesse, Hermann: Tractat vom Steppenwolf. Nachwort von Beda Allemann. es 84
Hettche, Thomas: Inkubation. es 1787
Jansen, Johannes: Heimat. Abgang. Mehr geht nicht. Ansätze. es 1932
– Reisswolf. Aufzeichnungen. es 1693
– Splittergraben. Aufzeichnungen II. es 1873
Johnson, Uwe: Ingrid Babendererde. Reifeprüfung 1953. Mit einem Nachwort von Siegfried Unseld. es 1817
– Jahrestage. Aus dem Leben der Gesine Cresspahl. Band 1. es 1822
– Jahrestage. Aus dem Leben der Gesine Cresspahl. Band 2. es 1823
– Jahrestage. Aus dem Leben der Gesine Cresspahl. Band 3. es 1824
– Jahrestage. Aus dem Leben der Gesine Cresspahl. Band 4. es 1825
– Mutmassungen über Jakob. Roman. es 1818
– Porträts und Erinnerungen. Herausgegeben von Eberhard Fahlke. es 1499
– Versuch, einen Vater zu finden. Marthas Ferien. Tonkassette mit Textheft. Mit einem editorischen Bericht von Norbert Mecklenburg. es 1416
Kirchhoff, Bodo: Body-Building. Erzählung, Schauspiel, Essay. es 1005
– Legenden um den eigenen Körper. Frankfurter Poetikvorlesungen. es 1944
Klix, Bettina: Sehen Sprechen Gehen. Prosa. es 1566
Kluge, Alexander: Gelegenheitsarbeit einer Sklavin. Zur realistischen Methode. es 733
– Schlachtbeschreibung. Roman. es 1193
Koeppen, Wolfgang: Morgenrot. es 1454
Krechel, Ursula: Mit dem Körper des Vaters spielen. Essays. es 1716
Küchler, Sabine: In meinem letzten Leben war ich die Callas. es 1799
Laederach, Jürg: Eccentric. Kommentare. es 1928
– Schattenmänner. Erzählungen. es 1929
– Vor Schrecken starr. Fixierungen, Stechblicke, Obsessionen. es 1503

300/2/12.96

Deutschsprachige Literatur in der edition suhrkamp: Prosa

Laederach, Jürg: Der zweite Sinn oder Unsentimentale Reise durch ein Feld Literatur. es 1455
Leutenegger, Gertrud: Das verlorene Monument. es 1315
Maeffert, Uwe: Bruchstellen. Eine Prozeßgeschichte. es 1387
Mattenklott, Gert: Blindgänger. Physiognomische Essays. es 1343
– Umschreibungen. Das Hier und Jetzt in den Künsten. es 1887
Mayröcker, Friederike: Magische Blätter. es 1202
– Magische Blätter II. es 1421
– Magische Blätter III. es 1646
– Magische Blätter IV. es 1954
Meinecke, Thomas: The Church of John F. Kennedy. Roman. es 1997
Middendorf, Klaus: Wer ist Patrick? Oder: Das Tagebuch. Roman. es 1701
Morshäuser, Bodo: Hauptsache Deutsch. es 1626
– Revolver. Vier Erzählungen. es 1465
– Warten auf den Führer. es 1879
Muschg, Adolf: Herr, was fehlt Euch? Zusprüche und Nachreden aus dem Sprechzimmer des heiligen Grals. es 1900
Ein Pronomen ist verhaftet worden. Die frühen Jahre in Rumänien - Texte der Aktionsgruppe Banat. Herausgegeben von Ernest Wichner. es 1671
Rabinovici, Doron: Papirnik. Stories. es 1889
Rakusa, Ilma: Steppe. Eine Erzählung. es 1634
Rosenlöcher, Thomas: Die verkauften Pflastersteine. Dresdener Tagebuch. es 1635
– Die Wiederentdeckung des Gehens beim Wandern. Harzreise. es 1685
Roth, Patrick: Die Wachsamen. Drei Monodramen. es 1614
Runge, Erika: Frauen. Versuche zur Emanzipation. es 3316
Schleef, Einar: Die Bande. Erzählungen. es 1127
Schöne Aussichten. Neue Prosa aus der DDR. Herausgegeben von Christian Döring und Hajo Steinert. es 1593
Split: Apfelsinen im Hals. Geschichten. es 1558
Stauch, Wolfgang: Eine schlechte Geschichte. es 1712
Struck, Karin: Kindheits Ende. Journal einer Krise. es 1123
– Klassenliebe. Roman. es 629
Thank You Good Night. Herausgegeben von Bodo Morshäuser. Alle Fotos: Michael Strauss. es 1227
Vogl, Walter: Hassler. Frequenzritte eines Straßenkehrers. es 1182

300/3/12.96

Deutschsprachige Literatur in der edition suhrkamp: Prosa

Von nun an. Neue deutsche Erzähler. Herausgegeben von Hans-Ulrich Müller-Schwefe. es 1003

Walser, Martin: Eiche und Angora. Eine deutsche Chronik. es 16

– Die Gallistl'sche Krankheit. Roman. es 689

– Geständnis auf Raten. es 1374

Weiss, Peter: Abschied von den Eltern. Erzählung. es 85

– Die Ästhetik des Widerstands. Roman. es 1501

– Fluchtpunkt. Roman. es 125

– Das Gespräch der drei Gehenden. es 3302

– Notizbücher 1960-1971. 2 Bde. es 1135

– Rekonvaleszenz. es 1710

– Der Schatten des Körpers des Kutschers. es 53

Sinclair (P. Weiss): Der Fremde. Erzählung. es 1007

Winkler, Josef: Die Verschleppung. Njetotschka Iljaschenko erzählt ihre russische Kindheit. es 1177

300/4/12.96